不是每场相遇，都会恰逢其时

吴 瑛◎著

中国华侨出版社

我就知道她，浑身是刺，寒气逼人。我说："滚，姐不信收拾不了你！"

小鼓男人那个攒炮脾气，不小的年纪了，对着爸妈，想发火就开炮的，我说，看看，人家恨你到牙痒，只要拿出对付爸妈的一半，来收拾你，早安生了。

小鼓哈哈大笑。

"爱一个人的优点，就太简单了。爱一个人的缺点，那是无尽的包容，是气量，是睿智。"

和丁丁家两家六口去西安。旅途有些长，孩子小，讲故事给他们听，安徒生的《老头子做的事总是对的》。一个老头，用家里的一匹马，先是换得一头牛，再是换得一只羊，再用羊换成一只大肥鹅，一路走一路换，直到换成一袋子烂苹果。所有的人都认定，老头子回家不挨女人一顿痛打，最少挨一顿臭骂。老头子胸有成竹："不会，只会是一个吻。"

两个孩子眼瞪得溜圆，别说，我还真有讲故事的天才，孩子大气都不出。坐在副驾上的老公，转过来深深地看了我一眼，我知道，是表扬。

其实，安徒生的故事，从来都不只是写给孩子看的。那个老头子，实在欠扁，好好一匹马，不算价值连城，也该不菲的，三换两换，换成一堆烂苹果，就他这副德性，一边反省好多少，人家还拍着胸口保证，能得到老太婆的一个吻。他轻易就赢得了两个商人的一斗金币。

多么浅显易懂的道理呀。一个家庭，妻管严的，也幸福；夫当家的，也幸福；最不幸福的，就是那种男女对峙，成天闹着要求对等的夫妇，东风压不倒西风，西风压不住东风，吵吵闹闹一辈子。现在人又冲动，三句话不对头，直接离婚。人家老头子多笃定，老头子做的事总是对的。这句话几乎像指南针一样，高悬于我的婚姻之上，时时谨记。

"妥协，无尽地妥协。"我在跟小鼓打气。我知道她嘴撅得山高，凭什么呀？

不凭什么。

男和女，父与子，母与女，世间种种，爱得深的一方，时时占下风。只要你还爱着，你就是败下阵的那一个。婶婶带孙子，10多天的小人儿，跟他打架，没两个回合，婶婶败下阵来。一个10多天的孩子，连睁眼都不周全，他却拥有最强的武器——奶奶无尽的爱。只这么轻易，小人儿就赢了。

"给我放下你的盔甲。听姐姐话。你不需要做很多，对他的爱，做出回应就成了。"

昨天在姐家吃饭。邻居家孩子，快成姐姐家的了，自己摇晃着走进来，话还没会说全，敲着姐家的饭桌。姐忙不迭地从里面盛好饭，端出来。她便自己爬坐到姐姐腿上，腻在姐怀里，心安理得地吃喝拉撒。

爱不够的小人儿。娃儿叫小彤。姐在说小彤的趣事。大路边，爸妈都在忙修车，姐和姐夫也常顾不上她，把她扔在学步车里。来往修车的驾驶员特别多。小彤不管谁从车上下来，都会胳膊一架，敲着她的学步车，嘴里咿咿呀呀，强烈要求驾驶员抱抱她。

驾驶员大多五大三粗，凶神恶煞般的，小彤的邀请，却从不落空。没有一个大男人，不被小人儿感染，会放下一脸的威严，总要停下来，摸摸她的小头，抱一抱她。

孩子的世界，多么澄明。春晚里一首小儿歌，红遍大江南北："爱我你就抱抱我，爱我你就亲亲我。"看看，爱是一件多么简单的表达。到成人那里，太百转千回了。明明爱着，不肯抱抱对方，明明想被爱着，不肯发出邀请。

"像今天这事儿，你直接抱着小宝回城，不就得了？非要几个人开车去接，搞得鸡又飞狗又跳。"

小鼓委屈："我哪做得到主？他非要这么安排的。"

"缠呀。他那么爱你。你所有的要求，缠到他答应为止呀。"

小鼓实在想不通："天天这么着，不累呀。"

哪能累呀。女人的武器不就是个撒娇呀。我在家里舌头永远伸不直。伸不直就不直吧。伸直了还怎么无理取闹还怎么胡搅蛮缠，还怎么让人家步步后退直到答应咱的要求？

舌头不伸直，其实是最高境界，是自愿低到尘埃里了，是小彤架起的双臂，是嘴里发出的邀请："爱我，你就抱抱我。"

"闹要小情小趣地闹，吵要娇嗔爱痴地吵。"再嘱小鼓。

小鼓能懂的，也能驾好自己的婚姻小舟。

最甜美的笑容给最亲近的你

　　小区外面，就是一个书店。靠近学校，生意特别好。老板是个中年男人。常逛书店，发现男人脾气特别大。

　　第一次去逛，正值中午。老婆在里面烧菜，听到有人进店，放下手头的东西，跑出来招呼我。我迅速地付款，正要离开，里面传来男人的怒吼声。女人委屈地一路小跑走进厨房，迅速地处理烧焦的饭菜。

　　第二次，男人酒喝大了，舌头卷着，指着女人正破口大骂。女人这次眼里噙着泪，欲辩，只是男人机关枪一般，店铺实在不是唇枪舌剑的场所。女人张了张了口，终于放弃了。

　　今天中午，儿子睡醒了，拖着我帮他买本书。男人和女人都反穿衣，大堆的书，叠放着，期末了，该退的，要整理着退走。还没走近他们，就见男人喝骂着女人，火很旺，只差点燃面前的大堆书。儿子拿了要买的书，我拿了本《读者》，向男人递过钱去。男人的脸，转向我，阳光般的笑容，堆了满脸。这笔交易才10元钱。男人绝对不是因为钱才乐成一朵花的，完全因为我们是陌生人，他介意把自己暴怒的一面，让我看到。

很多时候，我们都把最甜美的笑容，给了陌生人，而自己身边最亲近的人，反而可以大吼大嚷，习以为常，什么话最有杀伤力，专门朝着他们开炮。

自己就是。刚做淘宝的那会儿，因是先生下的任务，又要丢掉心爱的写作，然后一个人客服、发货、拍照、包装事无巨细，一人打点。我的脾气像儿时玩的掼炮，往地上一摔，就能发出巨响。

旺旺上的叮咚响了，奔到电脑跟前，摸着都能打出一排字，"您好"一声问安，鲜花一朵，咖啡一杯，外加飞吻一个，打的字都能看出乱飞的笑意。先生正在找他换洗的衣服，问了几遍，我在电脑前手忙脚乱，回过神来对着他大叫："这么大个人，衣服都找不到，没看到我在忙？"

先生不再说话，默默转过身去。我恍然地回过头，梦醒似的问："你要什么？"先生很受伤："你看你现在的脾气。"

很是歉然。总以为，在家里就应该活出真我，乐了就笑，气了就跳。其实，没有谁可以一直当你情绪的回收站，不要因为最亲近的人可以包容你，便当他是收容所。所有的爱与欢乐，都是不可再生资源，挥霍无度，最终一无所有。

今天是冲着老妈发火了。老爸身体不好，让她少打一份工，得空陪着老爸散步聊天锻炼，她成天忙得没个人影儿。一大早，我还在睡觉，她就咚咚敲个不停。打开门就教训起她来："要那么多钱做什么用呀，你陪陪爸多活一年，工资够你打工打多久的。"老妈急了："你爸这个样子，我管得下来？本来是以为住在你家，不敢抽烟喝酒不生病的，哪知道他还是生病呀。妈妈什么时候成了一个怕费事的人啦？还不是因为管不住他！"

妈妈直接哭了。

恨不能掌自己的嘴。自从妈妈不敢训话我们，我就变得脾气大了。仗着他们的宠，想发火就发火，想说什么话都不经大脑的。还好我能立即知错就改，麻溜着穿好衣服，搬来椅子给妈妈消消气，一边呵哄着老爸："再看你几天表现，再不听话，立马驱逐回家！"

完了。又犯错了。声音又变粗了，脸又成驴脸了。最甜美的笑容，要留给最亲近的人的。这就改。

两个男人赶路

大姨父是老师，从小便怵他，严厉，不苟言笑。我跟谁都可以黏滞滞、腻歪歪，跟他不敢。离他三丈远，成绩拼命好，只为博他奖赏，博他微笑。

姨父家三个女儿，各自成家后，便有了三房女婿。自古父母疼幺儿，姨父家每个孩子都是心肝都是宝贝，唯小女婿尤为看重。

才开始相处，姨妈和姨父得知是我同学，向我打听。同学真是品学兼优，我一叠声地表扬着，只有小姨泼着冷水：问她，等于不问的。她眼里有坏人吗？

还是小姨懂我。这个世上，在我的眼里，哪里就有不好的人了？何况同学在我们班上，真是数一数二的尖子生。

亲事似乎因为这样的肯定，一下子敲定了。同学成了我的妹夫。妹夫算不得特别走运，当年也只是中专，分配的单位，工种危险，工资又少。妹夫便决定停职考律师。这之间，我们过问很少。偶遇姨父，老人家眼底不尽的赞赏，无尽的笑意，无怨无悔地站在他们小两口身后，大包大揽所有事宜，出资出力相帮。

天下的事情，都很相像。妹夫出息了，不长的时间，便有了外室。几度吵闹，待我知道时，妹夫已经搬出去和小女人同居了。

激愤之下，短信他："姻亲其实是特别有趣的关系。我比你早到二十多年，姨父母的爱，还是偏向了你。你们过得好，我一点不需要打扰，你们到这一步，我真心难过。"

同学回复："你似乎责怪我？"

"哪里敢？那时，大姨问我，那人怎么样？我是那么笃定地把妹妹一口就交给了你。想不到你走得这么决绝。"

"感情的事，实在说不清的。"同学继续回复。

感情的事，他和妹妹，自由恋爱，郎情妾意，经年之后，人家说不清了。昨天几个同学小聚，大家又笑谈这事儿。其他同学劝慰着：他是奔爱情而去的。

不提这个还好，提了我吃不下去饭。我指着同学：你快 40 了吧？黄脸婆了吧。就这把年纪，就这模样，不要心灰，肯发生一段婚外情，没哪个不行。爱情，爱情是个什么东西？20 岁时，你有的是选择的权利。40 岁时，你拖儿带小，你提这个词，你就是滥情，就是绝情，就是无情！

清明时，他们分居很久了，手续一直悬着。大姨父给外公外婆修坟。姐姐说："不如你找他谈谈？毕竟你们父子一场。你从哪个角度找他，都不为低的。"

我的大姨父，我那个平时威严有余的大姨父，一直都怕他火冒三丈，一直也怕他跳脚的。他居然说："哎，我家小三子那个脾气！"

明明就是那个男人另有新欢，明明就是他喜新厌旧，明明就是他背信弃义，姨父偏偏不肯损他。

一口气叹到脚后跟。前妹夫这一生，算是结束了。为人的底线没有了，他再翻腾，也是徒然了。只是我可怜的姨父呢？70 的高龄，原来强壮的身体，消瘦了许多。一直没敢去看二老。妹妹和前妹夫，各自再婚了，只是姨父心底那道深深的伤，何时能愈？

翁和婿，算是两个男人一同赶路。夫妻携手百年，两个男人最少共度三十年光阴的。我的姨父，终和他最赏识的小婿，走散了。

宝贝以爱的名义到来

　　小城里，前几天打捞出一个男孩尸体，脐带还没剪断，几乎不用破案，就能断定是非婚生子。这两年已经很多了。前年在一家小区花池里，也是一个发育完整的男孩，被扔在现场，一路血迹斑斑。

　　最喜欢看婚礼。不在其奢华高调的程度，喜欢那份热闹与极致的庄重。昨日回家，肚子饿得咕咕叫，恨不能一脚踏进家门，偏有一人站路中央摄像。没见到小区里会有什么特别漂亮的地方，可以让人驻足留影。哦！两辆婚车徐徐而来。新娘还在家里的楼上，新郎将从婚车上走下，如此神圣庄严的一刻，当然要全程摄录！

　　我的电车飞掠而过，可以想象那一刻，岳父抱出小小新娘，焕然一新的新郎，捧宝一般从岳父手上接过一生所爱，终身呵护不离不弃。再有一年的时光，爱情的结晶应运而生！那才是人间的极美！

　　文友说，没命了，一个模样周全的娃儿呀，来到人世，一声未来得及吭，就匆匆离开了。现在的女孩呀，太随意。并不是这样的。时代不管发展到哪一天，身体的交付，原本就要伴以最隆重庄严的仪式。我不怕别人攻击老土，要多亲密，才可以有身体的接触？

常去学校接儿子。两个女生合一辆小自行车。正是放学高峰，大都聚在小超市门口，或者买吃的，或者买文具。一个小男生撑在店门口，显然是等女生的。后座的女生，跳下车，踮起脚，抱着男孩。我的一颗老心脏，差点跳停。只是抱过男孩，嘴往他嘴上一贴，旋即嘻嘻笑着坐回自行车后座。男孩笑嘻嘻地大嚼起来。晕！原来是喂男生泡泡糖的。我的后座还载着自家的小屁孩，我立马掉转车头。

我跟同学聊起，我说，女孩怕是不谙世事吧？这个吃过的口香糖，还能当着女友的面，吐到男生嘴里？

同学乐了。怎么会不懂呀。现在的孩子精着呢。只是她觉得无所谓罢了。哪像我们那会儿呀。

我们那会儿？同学长得漂亮，邻座男生递了张纸条，同学回宿舍哭成什么样子。我们到现在都在取笑她。

同学又说："你们家是男孩，总不会太担心。"

不这么看。男孩更要教育好。事实上，一个有责任感的男人，肯定不会图一时之快，不顾女方的痛苦，将孩子的到来看得淡而又淡。现在观念的开放，早已认为男女之事，快乐的是双方。但是，说到底，孩子在不该来的时候，来了，受伤的，最终是女孩。

自取其辱。受孕的过程，仅仅几分钟，而后续的麻烦将是很长时间，有些疼痛会是终身的。

　　一个男人，如果深深地爱着自己的女人，怎么肯亲手将自己的爱人，送上那张手术台？

　　所以，拿这个当试金石，女孩就该勇敢说不。爱我的，会替我考虑，考虑得比我还要周全。爱我的，就不要送我上屠宰场。身体的交付，一定要伴以神圣庄严的婚礼，宝贝的到来，从来都要以爱的名义。退一万步说，即便是婚前行为，科技的发达，阻止一个孩子的到来，早已不是难事。女孩自己要懂得保护自己，男孩更要懂得保护好自己心爱的女人。这是做人的基石。

　　现下微博流行，很多经典的话，俯拾皆是。前天有一句："所有的快乐，都是建立在痛苦之上的。"这就是了。流产之痛，堕胎之痛，弃子之痛，所有的痛，都因一时的快乐而起。今天文章没有结尾，只叮嘱一句："那个爱你的人，肯定比你还要珍惜你如花的身躯，如果不是，让他消失。"

我曾用心地爱着你

外甥华子，二十七的大龄，方成了家。婚后恩爱幸福的日子，过了不到两年，老婆就离家出走。之后长长的三年，老婆几乎从不归家。春节时，我们聚在一起，华子跟他舅——我家先生说着话。

回到家，先生问我："你知道这个春节，华子在哪儿过的吗？"我答着："在家吧。反正老婆三个年没在家过了。单身一人，哪儿过都一样的。"先生说："和他丈人一起过的。"

我的火，噌一下就上来了："他还有没有一点血性？就那样的老婆，他还去陪他丈人过年？"要是我，莫说陪，拿刀杀的心都有了。先生继续着："华子带着儿子一起去的，说丈人一人过年，太孤单，带着儿子陪陪他，好有人说说话。"

丈人三十多岁死了老婆，一人拉扯着一儿一女，又当爹来又当妈，生怕有一点点亏待了自己的儿女，哪知道教子无方，一味地宠溺，直落得女儿婚后抛夫弃子，离家出走。刚成年的儿子，自己不成器，成天伸手跟老爸要老婆，后来直接卷款无影无踪。华子心下不忍，万家团圆之际，舍不下自己的老丈人，抱着五岁小儿，三代三个男人，过了一个年。

远房小姑，生得花容月貌，三十六岁那年，携一小十岁的男人，私奔他乡，丢下自己的男人，和十多岁的小儿聪聪。私奔的日子，每天赛神仙。家中老母哭得死去活来，小姑不为所动，几年没有回家一趟，偶尔老母还能接上电话，仅此而已。

今年春节，老母境况一日不如一日，及至瘫痪在床，吃喝拉撒，全要人侍候。久病的床前，孝子寥寥，大家开始推诿回避时，小姑的前任，不离左右，即使喂个开水，也要先放到嘴边，试一试冷暖。老母离世前，拉着前女婿的手，久久不放，哆嗦着唇，半天挤不出一句完整的话。老母撒手归西，她最疼最宠最娇的小女最终都未出现，男人带着聪聪披麻戴孝礼数尽全。

小城里一公众人物，位颇高，却在众人眼皮底下悄无声息地离了婚，又再婚。虽说现在世风日下，离婚似剥鸡蛋，揉碎了捻细了手起壳落，一切尽在情理之中，但男人的偏执是出了名的。女人另有新欢，想要另栖枝头，血雨腥风肯定免不了的。

先说段男人的故事。男人从小在家，娇宠有加，要风得风，要雨得雨。成年后，为工作上的小事，男人耿耿于心，再去上班时，默不作声，直接一把菜刀，扔对方桌上，吓得对方屁滚尿流，再不敢跟他对抗半句。男人后来遇上女人，并不般配，女人也想过分手，只要提及，必有极端。女人遇上这段爱情，对离婚，实在没有把握。她不怕他，但怕他的极端。

男人却没有。甚至连一点闹腾都没有，带着孩子安静地离开，在望得见她的距离里，沉默成一棵守望的树。我接孩子时，常会遇上他。极其敦厚温存的中年男人，对于妻子的叛离只字不提，看着雀跃着奔他而来的小儿，满眼里全是慈爱，朝着我挥挥手，一大一小快乐地离开，只听男人和小儿头碰着头："今天中午，送你去妈那里吃饺子，就知道你个小馋虫！"

我曾用心地爱着你，尽管你抽刀断水，尽管你逃走如飞，尽管我们一拍两散，这个世界依然会因为这份曾有的爱，温情永在。

并不是每一场相遇都会恰逢其时

　　店铺的小丫头，都是八〇后、九〇后了，有时坦率得可爱。雪儿跟我说，姐，你说，我爸不花，我妈也不花，怎么我就每隔一段时间，会喜欢上一个人？

　　乐了。其实，有科学研究过，这个世上，再天荒地老的爱情，最长时效不过三年，36 个月。然后漫长的岁月，靠的是责任和亲情维系。不只是雪儿有这样的困惑，每一个经历过情感的，都有这样的体会。责任感强的，走进婚姻的，会用亲情来维系，即使像左手握着右手一样淡而无味，却有着不离不弃的责任使命。一些游戏人生的，游走于婚姻之外。对的时间，遇上对的人，是爱情。错的时间，遇上对的人，成情人。对的时间，遇上错的人，大都离了。

　　雪儿年少，才会如此口无遮拦，直言不讳。其实谁的一生中，又不会有几次美丽的相遇？除了一场可以修成正果，其余的，都要靠理智来化解。朋友菊，新婚前的一周，突然看上了别人，一场雨中漫车，原本的婚姻，摇摇欲坠。菊的男人，痛苦不堪，找来哭诉。乐了，问他，还要不要婚？男人强忍着泪，点头如捣蒜，要的要的。我朝他乐，那就结呀。男人狐疑地看着我：真的可以？

菊被强拉着走进婚姻，那段雨中的恋情无疾而终。其他朋友都不怎么理解：你怎么就这么肯定？呵呵。不是肯定。是一定。那场雨中的爱情是插曲。如果有了婚姻的束缚，插曲的力量就太微乎其微了。那段插曲可以怀念一生，但要跳脱主题歌的藩篱，再续前缘，劳命丧财就没有几个人肯伤筋动骨的了。胆大的会悄悄再续前缘，暗度陈仓，但那个毕竟是少数人玩得起的游戏，东窗事发，一样的劳师动众。多数人选择放弃，遗忘。

一直崇拜着写字女琴，偶尔得知，成了别人的情人。那个男人矮胖，且有家庭。琴是何等惊艳的人呀，因为写字，误了终身大事。很是替她不值，那样一个花样的人儿，却没有一场美丽的相遇。

乔在QQ上遇到我，絮絮着，被一个小五岁的男生恋上了，正不知道怎么办才好。乔早为人母，男生恋的真不是时候呀。彼时，正在淘宝上忙着上宝贝描述，正在写一段话，顺手复给乔：并不是每一场相遇，都会恰逢其时。能在对的时间，遇上对的人，就请生死相从不管不顾地相恋一场。如果一切都不对了，我生君未生，或者我生君已老，又或者使君又有妇，罗敷又有夫，都是一种无奈，那么就请把一切交给时间，时间是最好的良药。假以时日，一切为伊憔悴痛不欲生，都会烟消云散，再相见时，都可以云淡淡，风轻轻，而后，来句不痛不痒地招呼："来啦？""嗯——哪。"脸皮厚的，还会补上一句，"想死我了。"

离婚不叫本领

离婚不叫本领，携手才是功夫。

QQ 开着。小西找我。是我们店铺的粉丝。小西说，姐姐，我要离婚。

我认真地答着：如果想好了。可以。

小西显然有些失落，想好了我应该有一大堆说辞，没想到我却怂恿她离婚。

一年前，她就这样说了。自己的父母便是离异。老公大自己一些。两人没有外遇，却总是说不到一起去。那样的日子快窒息了，她跟我说："姐姐，我要离婚。但是我的工作不够稳定，父母也各自有家。我不知道，离了婚，我可以到哪里去。"

我震惊了，那这样，你还敢提离婚？

我以为一年之后，她自己这边的情况应该解决得差不多了，至少离婚，她能够知道何去何从了，没料到，她还是跟一年前一样，迷糊着。

我跟她说：那就不许提这两个字。如果没有到去法院的路上，离婚这两个字，请不要轻易出口。

婚姻是条船，相爱的双方牵手踏上了这条船。既然上路，就应该知道前方有彩虹，也会有风雨，做好风雨同舟的准备，才有一路风光的可能。风吹草动之际，其中一人，弃船而去，这不叫本领，只能让人鄙视。不管这个风，来自何方，来自何人，淡然镇定掌控方向，让小舟有惊无险一路凯歌才是正道。

同事素素离婚的路走了二十年。当年是她有错在先，因为蝇头的小利，被一领导诱惑上手，老公后知后觉，跟一理发小女同居，以示报复。离婚成了必然。然他们的房子，每一分都来自借贷，或亲友，或银行。如果要离婚，先得把这笔钱还上再说。

后来的几年，过得真是分崩离析。男人出走外地，多年不回家。素素带着个孩子，跟着不明不白的人若即若离。单位填表，婚姻那一栏，素素直接填丧偶。其切齿之恨可想而知。终于在天命之年，拿到了离婚证书。又有什么意义？这么多年彼此的折磨，早已让他们对婚姻望而生畏，挣扎的经年之中，更多的是逢场作戏、玩世不恭。

二姐夫是个渔民。他们那里的人，常年在海上漂。有的就是一艘船，或大，或小。每年春节，他们都会把船搁上岸，全然翻过来，先是查补，有没有破洞损坏一类的。然后便周身上桐油，厚厚一层。整整半个月，直至船身呈古铜色，油光锃亮，方才驱船入水。此后的一年，乘风破浪无忧无虑。年复一年，年年保养。

这是每个渔民的常识。婚姻中的男女，却很少有人懂得这个道理。

一旦对方犯错，想到的不是共同补救，而是揪住不放，一直将这个篓子捅到无可收拾才放手。到那个时候，屋倒船倾是必然，妻离子散是必然。

小西还在说话，她是真的苦闷，急着找个人说说。"我们两年都不在一起了，姐姐，你说能不离吗?"

失败。两年不在一起的婚姻，名存实亡。小女子一定没人教过她。男人这方面自尊最强，婚前的死缠烂打，被当作痴情。婚后如果连续被拒绝两次，他会对你恨之入骨，你再想以此吊他的胃口，多半无用。

同情小西。有时外人的劝说，并不能挠到痒处。女人叉腰，从来不是对付男人的武器。女人撒娇，梨花带雨，才是男人一生的软肋。

最佩服邻居大姐。当年，大姐去娘家小住。老公居然在短短的十天之内，和一个未婚小丫头搅到了一起。大姐赶到家时，小丫头的换洗衣服就在大姐的床头柜里。散作一床的卫生纸暧昧不明。大哥惊慌失措的眼神向大姐明示着，一切已成事实。我们在一旁胆战心惊，早几日，一墙之隔的我们，听得夜夜笙歌，知道一场战争必不可免。

大姐将自家的音响放到最大。关起门来，三日三夜痛诉，教育男人回头是岸。音响不是普通地响，连大姐家儿子的哭声，我们都听得模糊。小丫头的一切，一股脑地消失。差不多一个星期的样子，大姐家的音响才停了下来。门也开了下来。

开下门来的大姐，跟从前一样笑靥如花，小儿在手里嘻嘻直乐，那个男人跟在身后，亦步亦趋。没有人知道，他们经历了怎样痛不欲生的蜕变，但他们挺过来了。大姐只是在暗中加紧了对男人的看管，表面却没有一个人可以看出，他们的婚姻小舟，只差一点点，就触礁船翻了。

之后的若干年，从来没听大姐提过她们家那一段，也从未听她跟自己男人提过一句那段经历，哪怕只是一句玩笑话。从来没有。

其实细想。离婚是件多么容易的事呀。是大敌当前，不战自退的懦弱。是大难临头，各自而飞的自私。让一个人恨你怨你不想看到你，那不是本领。朝朝暮暮中，让那个人恋你眷顾你离不开你不能没有你，那才是王道。

所以，离婚不叫本领。做个老实的渔民，把你婚姻的小船，拉个底朝天，该修的修，该补的补，以后的日子里，手牵手，心连心，力挽狂澜不离不弃拆不开打不散，是真功夫。

浩子的爱情

家乡的论坛里，一个帖子火了。说的是浩子。

浩子二十三四的小伙子，有辆出租车，平时载载客，隔三岔五参加小城的义工联，是个义工活跃分子。一同事帮他的爱车，来了个特写。一时热闹非凡，大家便扯起浩子做爸的事，我在下面跟帖。

浩子当爸，我的损失大，问敬好。

一时更多的人好奇，人家当爸，你损失大？

乐了。浩子家老婆敬儿一直是我的左右臂，年初的时候，被浩子带到我们店铺。

我的初衷是拒绝小妇人的。因为结婚不久的，很快便要生孩子，一旦有了孩子，便肯定不会再做下去了。好容易做成熟手了，又得离开，损失是显而易见的。这是每一个用人单位的基本考虑。浩子挺逗，说我们暂时不要孩子。你们这儿人事单纯，老婆交这儿放心。

敬儿就来到我们店铺了。小丫头嘴甜，人勤快，天天挺乐活，成我们这儿的大姐大。敬儿人好，又勤勉，很多事情，都可以放心地交给她办。

后来，店铺又来了个燕儿，跟敬儿搭档，两人配合默契，省心极了。没做几天，燕儿便回家了。焦头烂额，又开心不已。原来燕儿婚后一直不见怀孕，总在家等着，也不是个事儿，刚出来做事，便怀上了。我在签名上写：店铺三喜，燕儿怀孕回家了，琦琦二十大寿，儿子中考过关了。

小丫头们便乐，缠着我说话。我说，燕儿怀孕，归功于在这儿上班。燕儿常年赋闲在家，体重一路飙升，居高不下。在这里上班，按时按点，一路奔波，未见瘦下来，但人已经走动了。小丫头不懂，敬儿便在留意听，然后就总拿敬儿开心。敬儿家估计她太瘦弱，怕还要保养一阵，才能生儿育女。我乐了，哪有这样的事，其实，这些都是自然规律。我当年怀儿子时，才八十斤，后来一路长到130。女人在这个阶段，十足一个妖怪，变到哪种形状，自己都不太清楚。

燕儿一回家，我就知道，敬儿就是一随时的炸弹，我时刻准备着，准备着敬儿笑嘻嘻地跟我说：瑛姐，我得回家了。虽然有一百个舍不得，但我知道，女人最恋的是家，最想要的，便是孩子。

敬儿跟浩子，见过的人都挺奇怪，浩子就一庞然大物，咱们敬儿才他一半的体重，但世上的爱情，多半是一物降一物。小女人音线又尖又细，外地的口音，说话连珠炮似的，却让咱们浩子团团转。真羡慕他们的爱情呀，浩子有时客人给的果盘，还会驱车送来。敬儿的生日，我们全店的人都吃他老婆的长寿面。每每经过我们那条路，浩子都会紧按鸣笛，敬儿从窗户朝他招招手。我们乐了，我把敬儿推到一边。我说，下次浩子再来我们这条路时，可不可以我站在窗前，向他招手？小丫头们便起哄，浩子再路过时，她们便跟敬儿抢着挥手。

那天早晨，浩子妈妈笑嘻嘻地带着敬儿来了。我知道快了，但没有准备这么快。尽管有万般地不舍，还是满心欢喜地送走了敬儿。敬儿这个家转到那个家，只在嘀咕："还有什么没有交代的？"

哈哈，我乐了。是的，满家的货，她比我熟了。一桩一桩的事，她比我熟了。她在交代小姐妹，浩子妈妈笑成了一朵花。

敬儿和浩子的明天，必然似锦。敬儿凡事认真勤勉，会为她换来一路的好运气，一生的好福气。浩子仗义明理，这是做人最丰厚的财富，远比他手头的那辆车金贵百倍。

《裸婚时代》我没有看过，但能猜出个大概。我和先生的当年，便是四壁苍凉一床书，人至中年，却也拼得婚姻大树枝繁叶茂。浩子和敬儿，在城里还没买个房，一辆爱车走天下，但我相信，经年以后，裸婚的他们却会有更明媚的未来。

因为不管时光如何改变，价值观取向如何不同，永远都是，爱情至上。

情爱麻棉

喜欢诗经，也只是近两年。早年情窦初开之际，坐在课下，听老师讲窈窕淑女，君子好逑，竟是有些反感。是因为长年身在农家，闭塞的教育让我对着那份炽热与火辣辣手足无措，手心冰凉，竟至于听那样的课，也是如坐针毡的。及至后来，竟迷上这份十二分的单纯。

丘中有麻，彼留子嗟。

彼留子嗟，将其来施施。

丘中有麦，彼留子国。

彼留子国，将其来食。

丘中有李，彼留之子。

彼留之子，贻我佩玖。

看看，看看。女儿家家，十八的姑娘一朵花。花开了，就会有蝴蝶飞来。花长在地上，是动弹不得的，女儿家家有手有脚，就可以和蝴蝶双偕双飞的。那去哪里呢？小丘上有片麻地，麻秆笔直，麻叶硕硕，那里清静，咱去那里说说话。

说什么呢？哼，村里好看的姑娘那么多，凭什么就跟我说话呀。那人不敢抬头，期期艾艾：因为……因为……你比她们都好看。哼！就会骗人家。是不是在别的姑娘面前，又说别人比我好看。那人急了，红着脸举起双手：我要是那样的人，就让天打雷劈，不得好死。慌得小丫头一把捂着那人的嘴：你……你……怎么就这么不解风情？男人就势啄着她的小手：嘿，就让你急！花拳似雨点般砸来，一旁麻叶笑得花枝乱颤……

咱是正经恋爱呢。爱过的人都知道，情爱是世上最灼手的，刚刚分开，思念便已开始。相思怎解？再约吧。好吧好吧，麦地，李树下，河边，芦苇丛，村角……容得下两人的地方，都可以成为我们相约的地点。

想我吗？他问。

才不想。她答。

那我走了。他拔腿就走。

你！她气急败坏。真的看不见他了，后悔的泪水叭嗒叭嗒地流。走了就永远别回来！再不要看到你了！

麦田里有蛙叫，懒得理。他走了，什么心思也没有了。"想死个人的小囵囵！"蛙竟开口唱起来。她开始狐疑地四下张望。啊啊啊。居然是他。满身绿色披挂，趴在麦田里。

飞奔过去，粉拳再次砸下，趁势把她一拉，小人儿跌入怀中，她拼命挣扎，他就是不放下，一边麦浪，轻笑呵呵，此起彼伏……

爱上麻棉，自这首小诗开始。新品花裙，取名蒹葭。两个小人儿相约的地点，下一个便是苍苍蒹葭地。

我便是那个素颜女子，穿越时空，着一袭花裙，只为守候生命中那个最爱的人。

管理自己的脸

　　和几个人一起吃饭。平时颇严肃的朱老师说了个观点。虽然现场嘈杂，我还是听进去了。他说，女人再怎么，不过是家犬和猎犬的区别。猎犬比之家犬多了份训练有素。他然后指着我和兰说，你们就是被训练出的猎犬，文字让你们自信从容。捂嘴偷乐，这什么破比喻呀。

　　归得家来，翻书。鲍尔吉老师的文一直喜欢着。是《脸的管理学》，他说，读经典作品的人，听古典音乐的人，不说假话的人，相貌有清气。善良的人，爱大自然的人，面有和气；高智的人，散发润气。文中引用林肯的话："40岁的人要为自己的脸负责。"

　　"负责"两个字，好沉重呀。其实女人过了40，最不自信的，怕就是自己的一张脸了。从前聚会，也是写字的几个人。席间一个五旬的兄长，长得颇风流倜傥，估计平时也不是个让老婆省心的主。一席吃喝，有男有女。席间，就听兄长不停地接电话，捂着个听筒，在桌外转来转去，一餐饭吃得坐立不安。终于，夫人还是来了。一个干瘦干瘦的女人。她一到，大家便起哄起来，一迭声唤，嫂子来了，嫂子来了。女人哪里经过这种场面，红着脸忙正经地坐下："不要开玩笑。我不开玩笑的。"嬉笑声戛然而止。女人坐在中间，并不吃喝，只是看着。一时，大家都拘束起来，宛如被老母亲看管着。兄长方才还妙语连珠敬酒似蝴蝶的，这会儿全敛了翅。很快散了席，女人和兄长一起钻进了小车，一句话也没有说。

女人年轻时应该非常漂亮，即便现在，依稀可辨犹存的风韵。可是那张脸，记忆犹新，满脸萧索与腾腾杀气，还有层层戒备，唯其干瘦，愈加明显。

我常做客服，最怕接待40到50的女人，非常挑剔，非常难缠，也非常难侍候。我也到这个岁数了。不是对这群人有什么偏见。岁月的流逝，令她们的自信消失殆尽，先是从脸开始，继而乱了阵脚。这个年龄段的女人，倒不是单单对我店铺的宝贝苛刻，她是天下事都能被她挑出刺来。她的世界，只有男人，男人被她们装扮齐整。她的世界，只有孩子，管了吃的再管穿。她是一个最严厉的卫生检查工作者，容不得家里一丝凌乱，容不得身上半星不洁，当然会容不得宝贝上还有吐着的线头，还有不齐的折缝。再来一两根跳丝，简直要了她的命。我在客服的档儿，会劝她们。有时，放别人一马，未必不是放自己一马。过于挑剔，自己累，身边的人更累。男人和孩子，其实更喜欢他们的老婆或者老妈大而化之一点，可以腿跷在沙发上，可以跟他们一起，拿着个可乐瓶，在电视机前叫个稀里哗啦。

好男人也会是一个好的训练手，他大可以将自己爱人训练成驰骋疆场的千里马。当然更重要的是女人自己。看《情海浪花》，一直记得里面有个比喻：说夫妻好比携手登山，常常是男人一路向前，女人因为家累，还停在山下。一直告诫自己，不做那个山下的女人。女人常会这样想，由着男人一路向上，自己等在山脚下，替他洗衣，替他做饭，替他备好一切给养，待得他下山来，有热腾腾的茶水，香喷喷的饭菜。女人从来不知道，男人向来便贪心。前进的路上，诱惑太多。他更喜欢有一个可以陪伴他左右的同游者，可以牵手，可以并驾，可以齐驱，仰天长笑里将对同游者的眷恋发挥到极致。哪里顾得山下苦苦等待的女人！

所以，从明天起，管理自己的一张脸。与他携手领略山巅风光，读经典作品，听古典音乐，报个钢琴班，邀得三五佳朋，风花雪月喝茶写文，或是报名旅行社，千山万水走遍。

2011.10.22

劝架

正在晚饭，电话响了，是妈在哭，慌了，赶紧安慰她："别，我马上就到！"半路接到朋友短信，告诉朋友说是爸妈又吵架了，我去修理就回。

朋友知道我的性格，叮嘱着："做泥瓦匠就行，不要太顶真。"

这个还能不知？从小到大，我都习惯了自己的角色。只是现在很能淡定地看他们的争吵。不用到现场，我都能知道吵架的内容。格局也是定下来的，妈妈高声大嗓，叫得歇斯底里。老爸柔声细语，半天一句话，却能惹得平下心气来的老妈，再跳一阵脚。

如果没有原则问题，我一直和稀泥。果真，为老爸的喝酒问题。老爸近来嗜酒如命，且贪喝无度，被我强制戒过一段时间，现在又偷偷喝上了。有后果，脚肿得不能走路，面部看上去也有些浮肿。妈妈哭得稀里哗啦，老爸忙着张罗晚饭，讨好我。

哪里需要什么劝呀。我就好好做一个听众好了。妈妈对老爸纵容一生，哪里是一次两次就可以管制下来的？老妈情绪波动得厉害，那就虎着张脸先把老爸镇压下来再说，我这边杏眼圆睁，老爸那里很配合地做出受了惊吓的模样。

一对老了的活宝。我总结着，起身回家。

常常劝架。阿宏一夜输去八百，彼时咱工资才六百多。老婆用菜刀把他堵在门里，一定要见个分晓。里里外外围了很多人，老婆就是不肯开门。知道我是他们家最好的朋友，他们院长赶紧把我叫去。我只一脚，就踹开他家木门，一把夺过老婆手里的刀，就向阿宏砍去。场面比他老婆的壮观多了。他老婆开始是吓了一跳，再后来破涕为笑，因为我一边追杀一边教训她家男人："看你还敢再赌？今天不杀了你，誓不为人！"老婆哈哈大笑，哪有人劝架如此投入的呀，阿宏因为我的追杀，已经快步走到了门外。

邻居家姐姐也吵。两个小丫头半夜敲下我的门，我吓坏了，两个孩子哭得上气不接下气，爸爸妈妈吵了半夜，现在就差打起来了。赶紧披衣出门。正赶上男人发动机车，要去老丈人家理论，大姐哭得地动山摇。男人因为我的出现，越发当了真。两个女儿拉着爸爸的机车。是大姐理亏，大姐迷上麻将，男人反对得厉害。劝说无果，战争解决。告状到老丈人那里，老丈人是个炮仗脾气，一点即燃的，何况几十里夜路，不吓坏老人家才怪，孩子自然吓得直哭。我半夜睡得迷迷糊糊的，再要去拉他，他的机车已经踩响，根本不可能了。我直接跨坐到他车后："带我一起去呀，问问他们怎么教育女儿的！"男人到底是个读书人，熄火，下车，蹲在地上半天不说话。

实际上，两口子过日子，吵架是常事。劝架的人，倒不常有。新婚时，他们家大舅，一个长得颇儒雅的长者，讲了个故事：他们那里有小两口，明明听得他们在家，关起门来打得叮叮咚咚，及至喊下门来，两人一脸笑地迎上来，端茶倒水搬凳子谈笑风生，怎么也无法看出他们刚才还在唾吵架。"这是高手。"大舅总结着。

如若都这样，劝架的，铁定失业。

如果爱过

　　想起自己的一对同事。女的娇小柔弱，男的威猛高大，但每次只要争吵，那个男的便会急得不知所措，扬起个手迟迟放不下去。有时那个女的刁蛮得我们也看不过去，男的恨得牙痒，却从来没胜过。我们便会坏坏地教唆他，只要制服一回，说不定就受益终身了。只听他憨憨地笑："这怎么舍得？虽然我一个指头就可以把她掼倒。"我们个个笑得要背过气去，每次看到小女人吵架之后赢了的模样，就会向那个大男人致敬，情到深处人自弱呀！

　　近日看了篇文章《离婚之后》，看得人心生濡湿。离婚之后，那个男人却仍将前妻的一切放在心上，定期检修水电开关，充装煤气。旁人不解，他却坦然，离婚不一定是我的错，但如果离婚后，前妻的生活出现困难，人熟地熟事熟的我却不闻不问，那就是我的过错了。这才叫爱，那个夫还四处张罗为前妻物色对象呢。我很不赞成离婚，但

　　如果实在过不到一起，那么也请将这份爱坚持下去，没有了爱情还有亲情，没有了亲情还有温情。也让在围城外溜溜张望的男男女女心怀憧憬，满心欢喜地携了手，走进去。

　　想起我的另一个同事，两口子吵得空前绝后，许多的人都劝了，均碰得一鼻子灰。想必离婚已是必然。那个女人也真能闹腾，男人脾气出奇地好。只因为一次偶然的晚归，妻子便横竖认为男人已经不在乎她了。男人第一次急了，结婚多年，她的爱就像绳索捆绑着他，让他越来越窒息，这次的晚归确实是故意，可以算作抗议。女人岂能容得他如此地张扬？便连夜拆了睡觉的铺板，甚至砸了所有的电器，撕毁了一大堆书。女人的野蛮彻底冷了男人的心。男人居然躲了起来，不再回家。

　　我去的时候，伤心欲绝的女人正在点火烧那些被她撕毁的书，还有摔坏的家什。女人落着泪，却咬着牙说着狠话。我在一旁无语，向来不喜欢泼妇，她走到这一步也算是咎由自取了。火熊熊着，舔舐着坏了的东西，突然女人眼尖，抢出一双拖鞋，在脚下狠命地踩着，拖鞋上的火灭了。那是双男式拖鞋，被撕扯的裂痕显目地摆在那。

　　他们的婚姻起死回生了。男人只听我说了那一个细节，就赶回了家。两口子紧紧地抱在一起。原来在家乡，只有已亡人的衣物才可以焚烧，女人即使伤心到绝望的地步，依然不肯诅咒她的男人。这样的顾念又怎能不打动那个男人呢？

如果真真切切爱过，就请心怀感激，感激他陪你走过的日日夜夜，即使爱已成风，还有回忆的温暖，让你可以重新相遇合适的人，重新爱过。

2011.11.17

第二辑

婚姻

是可以握在自己手心的幸福

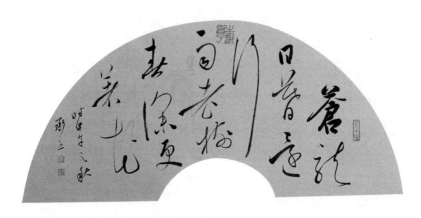

命运的寒冬

　　那时年少，偶听乡邻家常，说起清云，语气里竟是大赞和钦佩。乡间原本质朴，男女之事是高压线，如若触碰，轻则唾弃，重则谩骂的。对清云，却是一致地褒奖。

　　清云生得一群孩子，老公得了一种莫名的病，常年卧病不起。一后生，走村串乡，因她停留，住在村子的东头，时时帮衬她，替她撑起的是一方天空。以为清云得了这个去处，也算有个奔头了，人生可以重新来过。可是清云依然在自己的家里，一群嗷嗷待哺的小儿，一个常卧病榻的壮汉，守着这方日子，由青丝而转白霜。

　　后来工作的小镇，有个好再来饭店。年刚五十的店主，清晨拿菜时，被拖拉机撞飞，留下五旬大嫂和三个半桩儿子。账房聪爹先是张罗后事，继而便替她撑起这个家。聪爹没有老婆，却有几个儿女。常年在饭店，别人也觉得大嫂该考虑，是不是跟聪爹把仪式举行了。大嫂就是不点头。别人猜疑，以为大嫂替自己留着后路，万一有更好的去处，聪爹毕竟只是一个账房，何况年岁也大出她很多。大嫂只是不说话。

聪爹并不计较名分，每日里该打点的打点，该筹划的筹划，饭店一再扩大规模，竟成了小镇上最惹眼的一家。这还不算，大嫂家的三个儿子都到了成家立业的年纪，聪爹亦一二三地准备房屋，安排就业。竟连大嫂，聪爹都替她买了一堆保险。聪爹七十岁时，小镇上只差闹翻了天，好再来替他做了个大大的庆典。寿堂前黑压压跪着拜寿的，都是大嫂满堂的儿孙。便有客人轻责大嫂："你也是，人家在这边这么多年，该做的，不该做的，都替你做了，就不能给人家一个名分？一个理所当然的位置？"大嫂笑："我有三个儿子，多重的担子呀。不给他名分，他这么做，是仗义，是相帮，是仁厚，孩子们都会感念他。他如果觉得挑子重了，丢下便能走人的。"

大嫂也已经不再年轻了，却好看得紧，目光调向远方。深深地替聪爹庆幸，这个女人到底爱得深沉，也睿智。只怕聪爹担着一个继父的名，事情做了，却也被视为理所应当，还会被双方儿女指责厚此薄彼，早成了夹心的饼。

近来常思索，何为美丽？青春年少的容颜，乌发雪肌的年华，满腹诗书的才情，与男儿并驾齐驱的飒爽，红袖添香的柔媚？这些，都敌不过岁月夹缝中，挣扎着拼尽力气一吐芬芳的小草，敌不过遭遇命运之神无情蹂躏碾压，却还忍辱负重，以苟且和执着，守着一份希冀和信念的清云们，命运寒冬中兀自招摇顾盼生姿。

2011.12.17

流光溢彩等你归来

　　好好过年，小妹却闹婚变。这个社会，原本平常，天要下雨，他要走人，挡也挡不住的。每一对夫妻，结婚之初，都是奔着金婚而去的。每一个牵手的新娘新郎，都想着要白头偕老来生还要一起走的。水是流动的，人是活着的，爱情更是两人之间扯着的线，时紧时松，或明或暗。而况，人在江湖漂，常常要挨刀，要说专一，应该是理想，爱我的，我爱的，都有可能出现，还不止一个两个。立场坚定的，可以把持住，立场不稳的，一拍两散。于是离婚。

　　这是婚姻最不堪的时候。

　　小妹原本小公主脾气，真怕这么大个坎儿，她能不能跨过来。便去了她家。还好还好。这场婚变，到底让她长大了，没有想象中的痛不欲生、呼天抢地，当然她最悲苦的时光在我知晓之前，已经走过来了。简单看了一下，其实他们的婚姻，我也能把脉，并不是同路人。处理得好的，可以互补相得益彰，处理得不好，便容易向左向右，各成陌路。

我迅速地做妹妹工作，让妹妹调整自己，重拾少女时代的爱好，让自己流光溢彩，如果在意，他还会回来。切不要，悲悲切切一哭二闹，这些只能让人家叛离的脚步越来越快。

同学素素也是。朝小女人竖大拇指。男人情变，同学走过最初的痛苦，越过越精彩。同学原本便是我们的班花，没有了婚姻的羁绊，越发飞扬。这个世上，如果爱已不再，男人便可有可无，不再有太多的力气活，需要男人角色的存在。同学在一个离婚圈里，大家彼此相助，有时，还会几个家庭一起参加一些活动，让儿子缺席的父爱也能得到填充。同学一活色生香，那个来不及要逃离的男人便沉不住气了，先后换了几个爱人，都不得久长。同学这里风生水起的，男人急坏了，调转马头，杀将回来。

中年失婚，失的是婚，自己还在。流光溢彩，等你归来。挥一挥衣袖，从来不担心你的远走，爱的春天里不会有天黑，谢谢你在这个春天，放飞我们的爱情，让我在这个草长莺飞的季节，可以从头活过。

倒是让我们放心了。最初真的心疼同学，心疼那样一个花容月貌的小女子，居然要承受失婚之痛。现在前夫时时追在身后，也有几年了，不觉莞尔。这也不失为一种最好的情爱方式。离婚了，请从头来爱我。

事实上男人一路血雨腥风急着杀出围城的，回头的居多。前提是，女人没了他，精彩分毫不减，这便让男人失落了。因为他急着要从头开始的那段婚姻，一样油盐米酱醋，一样锅碗瓢盆交响曲，一样从激情跌落到凡俗烟火，想想同样要面对生活的酷刑，倒不如，重回旧人身边，轻车驾熟，也省力些。

同事西西倒好。男人有了外遇，两人不动声色地离了婚。孩子女人带着，但凡学校要家长出席的活动，两人配合甚好。在外人面前也是，他们离婚好几年后，我才听说的。西西原本漂亮，离婚后带着儿子，迷上养花，不只是自己的小阳台上长满了，连小区的花圃里都种了很多。从前在婚姻里忙得顾头不顾尾的，现在反而多出了时间，陪儿子，陪同事。原本漂亮的她，因着年纪的原因，越发风情万种。男人一日在路上偶遇，呆住了。那个浅笑嫣然、风采依旧的，居然是他急着要脱掉的旧时衣裳。于是，三百六十度的大转弯,一百八十码，杀回头。

流光溢彩，等你归来。失婚女人，未必没有这点坏心思的。我就要活得好，等你回来，回过头来，你会发现，你着急火赶烫山芋一般扔掉的，恰恰是你此生最爱的。等你，是初衷。回来了，我还要不要你，这是我的事了。

幸福和快乐是结局

冯老师请饭，和先生一起敬酒。先生高大白净，透析的原因，皮肤有些花。冯老师怜爱地望他一眼，对众人举杯："我家的花脸豹子。"口气里，不似妻子，倒似母亲。先生因为生病，反让那样一个大忙人老婆强行"清闲"了下来，陪他去医院，陪他会客，陪他访友，到哪里都要带他玩。五十算是大寿了，原本不想操办，因为先生身体挺好，便约请大家一聚，为的是他喜欢那份热闹。

常聊天，说起一个话题。小友说，爱一个人，一定不能嫁给他，日后的漫长岁月里，还可以存一份念想。我却赞成，爱一个人，一定要嫁给他，烟火凡俗里，将如水的日子过成花一朵。

跟清和丁丁三人约了喝茶。清家栋先生说，南中三杰又聚了。我们三人毕业于南中，普通的三个小女人被她家栋戏为三杰。这是他一贯的风格。清撇嘴："我被他取笑了一辈子。"我和丁丁偷笑，挺羡慕他们的日子。

　　栋高大威猛，却幽默风趣，从不见他烦心的样子。八旬老父弥留在床，就在清的医院。别人呼天抢地来不及的，栋说："跟你们领导说，咱爸这病，不收他们的科研费用，医药费给免了。"年初，我家公公，丁丁家老爸，同时住进了清的医院。清在我们两家之间奔跑着，栋说："合着你们同学聚会呀。"我们正愁云惨淡，这下哈哈大笑，阴霾散尽。

　　看他油嘴滑舌的模样，可是有番话，让我感喟了很久。清的医院，离家挺远，每日栋车子接送。清说，是真的感动，清早上七点半就上班，栋如果不为送她，上午半天都不必起床。我在栋面前蹦跳着："强烈要求也做做我们的司机，让我们来感觉一下幸福的日子！"栋慢悠悠地："好吧。先从自行车摩托车坐起，再电动车，再四个轮子。"

　　立马闭嘴。虽是玩笑，还是很佩服栋的为人。

　　丁丁来之前，开车特地送猪头肉和烧饼回家了。丁丁说："中午就没有做菜，晚上，我溜出来，他们又要胡乱对付了。"丁丁是个典型的完美主义者，大到工作，小到穿衣，要求严格。近来迷上骑车。骑行手套颜色和头巾不配套，"大小姐"手上如长了个钉，一直到换掉，心里才舒坦了下来。我笑丁丁，跟谁都顶真，唯有跟老公不当真。丁丁家阿康，人尖子一个。用清的话，玩的就是心跳。样样走在最前沿，房子、车子、票子、孩子，都是顶尖的。丁丁笑，他也就是爱提前消费。我乐："对啊。也得你同意的。你其实就是个一分钱掰成两半花的主儿。"

　　三人大笑。那样的两个性格迥异的人，一个屋檐下，却配合甚好。

情人节礼物是"尚酷"，生日礼物是"苹果"，送的人带笑，收的人心跳。"就那样一个人，特别能将就。中午我回来晚了，就没做菜。晚上还在工地上忙，我赶紧买了点他爱吃的猪头肉送回家，真是……"丁丁在数落。没人当真，语气里满是溢得出来的柔情，挨骂未必不是一种幸福。

年龄的原因，常被拉着说话。一个结婚在我店铺买披肩的小丫头，那天，居然哽咽着跟我说："姐，实在过不到一起了。"心悸，花落了一地。要怎样地决绝，才会过不到一起去？两个相爱的人，过得分崩离析，算不得本领，过得亲密无间，才令人佩服的。

近来，有些累。连日客服，发货，睡下，竟是醒不来。那日午休，闹铃响起，醒得也不彻底，迷糊着眼往外走。他唤住："洗把脸，会清醒得多。"忽然就耍起了赖："要你洗的。"那人牵着，走到水池边，大手捞起一把水，往我脸上抹去，手掌比我的脸大出很多，20 年的光阴，忽然就倒转了过去……

过日子的高手，便是一个天才的摄影师，取景很重要。日常的磕碰纷争都会有，会过的，选择的是略过，幸福和快乐才是结局。爱一个人，一定要嫁给那个人，生一堆孩子，孩子再生孩子，和他掐，和他掰，这些都不会影响最初的爱。根深了，叶才会茂，花才会繁。以为可以将最爱的人，珍藏在心底最深处念想的，那是浮萍，经年之后，如能相遇，亦会雨打风飘零。

要么扔了，要么认了

　　很晚了，Q上小苇还没睡，签名上满满的文字，读得出酒后的惆怅和寂寞。点开他，说话。一声老师唤过，小苇开始告诉我满腹的心事。从前的女友，在他事业起步时，等不及他的进程，直接撇他而走。现在他功成名就，事业上颇有些小成了，女友又哭着闹着要回头了。

　　这么简单的选择题。我说，你的意思呢？小苇恨恨地说：不行！我没钱、没地位时选了别人，现在我过得好了，又想起我来了，这种人不能要。

　　我笑了。那就不理呀。酒后的男孩真的好乖：可是老师，我深深地爱过她，我怕，自己再也不会爱了。

　　小苇是我带大的，那么帅气阳光的一个男生，很心疼。劝他，果断开始下一段恋情呀，能治愈失恋的，永远是下一个爱人。

　　小苇不行："我怕自己爱不起来了。"

　　我掉风向了。其实很多时候，做个倾听者更有艺术。你要能把握住他内心的动向。"我们一直断断续续的，她闹着要回头，我又记恨她的从前。"

我明白了。"对，你们就是传说中的怨偶。有很多情侣都是，从开始到白头，一路磕磕绊绊，可就是打不离、拆不散，在一起就吵闹得没法过日子，分开又做不到恩断义绝。"

那我能怎么办？小苇还像儿时一样耍着赖。我答：要么认了，要么扔了。

是啊，这样的姻缘，你要么认定女方就是那种嫌贫爱富见利忘义的小人，你看中她的缺点，包容她的一切，她再不堪，在你眼里都是花一朵，要么你就擦亮眼睛，火眼金睛慧剑斩情丝一了百了一断百断。

最近写《还是相信爱情》系列，明是父母的爱情，实际上写尽了天下夫妻的相处模式。姨妈和姨父就是。本是颐养天年的年纪，偏生小小的孙子缠在手心。忙乱夫妻百事哀，姨妈接我电话，先是诉说，后悲不成声，哽咽难言。听得心酸，放下电话就找姨父算账。姨父委曲不能言，说了一堆不能忍受的事实。不再听了，直接收线：您吃的饭比我吃的盐都多，不用我来劝解了。要么扔了，要么认了。

婚姻几十年，人都到了花甲，还有那么多要较真要扳平要理直的事。

怂恿姨妈："姨父脾气差人又不够包容，咱们重新换个。"姨妈破涕为笑："那个就算了，年纪这么大了，还能过多久呀。"我也乐。几十年的婚姻大树了，断了骨还连着筋的，扔不可能，那就姿态高点，认了。

你是我的玫瑰，你是我的花，你遍身的荆棘都是柳絮拂在我面颊，一丝丝一缕缕，挠着的都是痒，愈上的都是痛。

当旧爱遇到新欢

被先生领进家门的刹那，我就是新欢，那个神情落寞的老女人，就成了旧爱。

旧爱明显不爽。我穿的是条灯笼裤，口袋在两侧，上面钉了四个木珠。蹦蹦跳跳间，木珠上下晃动叮当作响。旧爱拉着先生躲进灶间："这个女孩，不靠谱吧？这裤子，我看着头昏。"

先生转向我，还没开口，我就知道他说什么了。我止着他："别提我的裤子呀。我喜爱。这是我爸出差给我带的，我还就这一条裤子。"先生呛了一下，折身进了厨房，小声埋怨着："你老人家能不能不要添乱。不就是条裤子？不露屁股不露肉的。行了行了。"

临走时，朝着旧爱乱挤眼："阿姨，那我先走了。"两只手在口袋里拨弄得山响。旧爱连挥手都懒得朝我挥了。我在先生自行车后哈哈大笑。

这旧爱，就是我未来的婆婆。

　　结婚了。就我这德性，婆婆大人一百个看不上。零食不离嘴，开始引她老人家一顿开心，以为我有喜了，结果大半年下来，一点动静都没有。自此，不再替我准备零食。公公心疼，偷着买了放在柜里，偏偏年纪大了，忘了这事。我一到家只闻烂桃香，就是不见桃子影。猴上老人家的肩，对着他的聋耳唤得如雷："爸，把桃藏哪儿啦？！"

　　婆婆找到了，烂桃水把她的被胎洇湿了大半，这下好了，跳着脚骂公公。明着指桑骂槐呀。拖着自行车，指着旧爱，非让先生二选一："说，要她，还是要我？"先生试图和稀泥："这手心手背全是肉……"我断然截住他的话："选，她还是我？"先生讪讪地："老婆最大。"

　　后来，又发生过几起。洗澡时，项链随手扔在澡桶边。旧爱不乐了："这不是考验人嘛？真少了，哪个说得清。"又后来，因为我的剩饭从来都是往先生碗里一倒，旧爱就提醒了："吃多少盛多少。他总吃你的剩饭，营养会不全。"某一日，先生兴兴头头地在搓洗我的衣服，旧爱不乐了，夺过去重重地放在水池边："娶老婆，不就是为了有个人洗衣做饭？要这样，不如打光棍了。"

　　什么呀！嘴撅得能挂油瓶，当下又要拍板叫阵。先生突然累了，朝我深深地看了一眼："你识字断文的，干吗总跟个大字不识的老太过不去呀。女人的事业在外面，广阔天地，大有作为。家里的这些鸡毛蒜皮够发挥你的才华？"

　　当下闭嘴。

　　从此，旧爱与新欢全然颠了个倒。很快，我就尝到了甜头。最爱穿真丝吊带了。婆婆又盯着我看了几秒，不过没有言语。当下就去内衣店打包了三件回来。三个颜色全大号，交到婆婆手里，婆婆居然脸红了："这个这个，可怎么穿得出去？"说归说，还是乐颠颠地收下了。再后来，就看到她偷着在镜前试穿。最爱把十个爪子涂得春色满园。完了有一天，拿着婆婆的手，也乱涂了一气，近似肤色的肉粉，再用透明的在上面点了几枝兰叶，婆婆苦了一辈子还真没这么折腾过，洗碗时，只恨不把指尖全翘起来。我乐："妈，别怕，只要不用刀削，总不关事的。"先生一本书直接砸了过来："有你这么跟妈说话的？"我还没来得及反抗，婆婆书向先生就砸了过来："臭小子，老婆娶回来是疼的，不是打的。"

先生朝着笑成一团的新欢和旧爱看去，满脸茫然："这女人，变化也太快了些吧？"

六六的《双面胶》被评为年度最恐怖片。它的恐怖不在于阴谋诡计、刀光剑影、血雨腥风，在于它真实得有如发生在你我的生活里。真实得你以为她写的就是自己的家事。也是最常见的婆媳关系，旧爱遇上新欢，一个不容一个，一地鸡毛。那个可怜的男人成了双面胶，两面讨好，两面讨不到好。最后，男人居然在母亲的唆使之下，打死了老婆。

不寒而栗。庆幸自己醒悟得早。同学华，婆媳不和，儿子一岁半时，离了婚。在我们家后面下公共汽车的，看得我心酸不已。初识时，我是你千娇百媚含苞花一朵，分手时，已是经霜秋叶萧瑟瑟了，抱着个奶味儿子再婚谈何容易！

琴就聪明得多，早早嫁进城来。婆婆是个何等风云的人物。琴的娇俏，第一眼便让婆婆防备万分。琴却第一时间消除戒备，一声声妈妈，唤得婆婆心下发软。嫁过来的第一个月，工资就全数上交。这工资一上交，烦恼杂务也就全然上交了。琴买双拖鞋都是婆婆做主。婆婆的眼光跟她差远了，琴从不嫌弃，人前人后一口一声地表扬着：还是咱妈有眼光。妈，真是相见恨晚嫁来迟。

婆婆激动得一张脸赤红着，恶补各类时装书籍，只为跟上潮流替琴置办行头。生个女儿吧，琴从来都是表扬。我们刚进产房，就听琴在摆甩："嘿，我妈织的毛衣。小人儿，还得穿自家织的。这是我妈做的称重布袋，嘻，独家生产，有专利的。还有还有，虎头鞋，羡慕忌妒吧？别急，待你家添小子了，让我妈也帮着做一双。"

一旁的婆婆，鞍前马后，脸笑成花一朵。同去的闺密们，一口气叹到脚后跟。常年婚姻生活，我们早已独当一面，成了河东的吼狮，粗声大嗓跌足长叹："生活，是一团麻。"可人家琴还在娇滴滴、嗲兮兮地大树底下浅吟低唱："风含情，水含笑……"

早年在小镇，与一对年长夫妇走得很近。男人家境贫寒，由讨饭的母亲拉扯成人。女人书香门第，岳父看上男人，将女婿一路培养，男人步步青云，官到高位。可是女人就是无法容忍讨饭婆婆的种种生活习性，两个女人水火不容。男人在我面前，一直父亲一般山一座的，那日居然红了眼圈。我去找女人："其实，这话由我说，就不像了。

不过，您说，要是他生的女儿，还能教育纠正的，那可是生他养他的妈妈呀！"

女人长了我一辈，看着我，没料到我年纪小，却通透着，当下一语不发，转身进了厨房。自此，天下太平，老太太一直到离开人世，都得着了媳妇最细心的照料。

店铺小丫头遇难题了。婆婆处处为难她，她一气之下，谈得好好的恋爱，崩了。我急坏了，说她，傻丫头，除非嫁个孤儿，这只要是找对象，就会有婆媳相处问题呀。哪能因噎废食？别说，还真没人教过小丫头。中国的教本，没用的东西太多。婚姻是人生长河中占比最大的一项，婆媳相处又是重中之重。

最熟悉那道选择题，两人掉河里，你是先救母亲还是爱人。建议答案统一并唯一。女生篇：先救婆婆大人。同是女人，隔了二十年岁月的河流，你虽体力不支，但不至于脑力不济。现在你们两人都掉进河里了，这个女人，对你一生都重要。现在离你最近，你要陪着她说话，替她鼓劲加油："妈，别怕。来，拉着我的手。""妈，看，你的儿子，正在想办法救我们。""妈，不要睡着呀。眼睛一定要睁着。"然后对着岸上那个手足无措的男人挥舞鸡爪："快呀，先救咱妈，你个猪！"

男生篇：先救母亲。"老婆，来不及跟你解释了。等我先救我妈上来。这个女人，先你之前，爱了我二十年。她是旧爱。你是新欢。一个男人对待旧爱的态度，新欢是最要介怀的。一个男人，如果连自己的母亲都可以见死不救，这个男人，你怎么能托付终身?"

　　快中秋了，想旧爱了。电话过去，自己都觉得矫情："妈，过两天回家，想你了。"隔着电话线，我都能想象我亲爱的旧爱大人面如盈月，受宠若惊的表情。应答的声音里和着桂花蜜："乖乖，妈妈早等着了!"

2012.09.22

不做赢家

眉子是店铺的客人。夜深了，逮着我说话："姐，我就不信，我赢不了他！"我笑，应着："怎么赢他？""跟他吵，跟他闹，实在不行，离婚！"

我一愣。眉子是在店铺买结婚披肩聊上的。真是个孩子，这么点时间就动不动拿离婚挂嘴上。"都什么事啊？说来姐姐听听。"

"上马桶呀。让他把马桶盖掀起来，他就懒得动手。站在那边小便，我几百元钱买的马桶垫。姐，你不知道，钱是小事，全家都是一股尿臊味。姐，尿臊味还是小事，他居然敢跟我拧着干了。从前骂不还口打不还手的，姐，他居然今天朝着我大叫大嚷了，血红着一双眼，只差要吃人了！这不反天啦！姐，我一定要赢了他！否则这往后的日子还怎么过呀！"

嗯。是没法过了。我也有过，为挤牙膏。先生在家最小，也许父母从没教过他挤牙膏。新婚的第一天，我就发现他邪门了。满满一管牙膏，他从最前头挤。我笑他，从最后往前挤呀。挤牙膏还要人教？

他脸红了一下。第二天我看他依然从前面挤，便不爽了。这不摆明了对着干吗。这次不笑了。直接说：说你呢。牙膏都不会挤。原本是件简单的事，他也未必改不过来。可是我那副模样，还真让他上火了。他牙膏一扔："我就爱这么挤。"

反了！

婚姻果真是爱情的坟墓。一切似乎都随着结婚典礼发生了变化。从前那个总想着讨我欢心的人，突然也拉下了脸，要求对等了。

当下不干了。好一阵吵。不过是件芝麻大的事，我非得定性为他不爱我了。挤不挤牙膏都是小事，从哪头挤也都是小事，可是不爱我，那就是大事。那就是天塌下来的事。我头扎着他的心口，一头就要碰死过去。那人个子高，却不擅言辞，不过是件小指大的事，他吓得连连告饶。我也从中尝到了甜头。这个世上，男和女，永不对等，他是男人，他要承载的就多，就得处处相让，永远相让。我是赢家，永远的赢家，没有商量。

眉子在听我说，哈哈大笑："姐，爱死你了！要不怎么就喜欢跟你说话呢。是啊，哼，凭什么呀。就要让他输得体无完肤，办法有的是。姐，我让他睡了一个星期的沙发了！"

天。叫停！

其实也没有人教我。中国的教科书很多。你可以从中专读到大学，从研究生读到博士后，但从来没有一本书教会你，怎样做一个真正婚姻里的赢家。我也是后来自己悟出来的。

男人和女人，一阴一阳，一左一右，这样的两个人，突然在成年后结婚，住到一起，诸多不一致，实在太多。稍有不慎，便能走火。

发现他有个坏毛病，就是剩饭菜的处理。他其实出生农门，不知怎么就养成那样一个奢侈的毛病。余下的饭，直接用水泡了，烧开了，就成稀饭，这是最常见的做法。可他，每次都新拿米，重新煮稀饭，听任碗柜里剩饭在那。开始是提醒，说过无效，便开始愤怒了，音高八度："说了多少次了！怎么就不改？"那人一脸无辜："明明知道说了没用，为什么还说？"

歇火。

是啊。要想改变一个人谈何容易。婚姻里的争吵，无非是达到一种共识。输掉的一方，作出让步，赢的那一方，得胜归巢。只是他无辜的眼神，让我深深难忘：明明知道，说了也没有用，那为什么还要说？

那个男人，心力交瘁，面神沮丧。这哪里是两个曾经爱得死去活来的人？分明是一个屋檐下的两个敌人。这样的胜仗，打赢了又有什么意义？仗着他的宠和让，生生将他逼成了一个被生活烤炙得丧失才气与鲜活朽男一枚。赢取的代价是葬送了两人你侬我侬的幸福生活，赢得的价值又有多大？退一万步讲，你高举大旗，你乘胜追击，你打击得他万劫不复，你的幸福和欢乐又从何而来？

当下语气一转，嫣然一笑，向他缴械，自此没管过那些剩饭。

眉子愣了。姐，这就结束啦？

嗯。去年姐还闹过一场。火冒到屋顶了，穿着睡衣只拿了个手机就溜出来了。出门时，大火熊熊，想到去远方，搭上一辆车永不回头，让他尝尝没老婆的滋味。又想，直接睡到妈妈家，赖在妈妈怀里撒撒娇，让他乱找一夜，直接关了手机，让他发疯吧。

夜风习习，路灯昏暗。坐在地上，眼泪扑扑流。怎么也是花朵一样的人，落得这个样子。不太长的时间，火就熄了。他不知道急成什么样了。老爸老妈年纪大了，不能惊动他们。儿子还小，不能放个出走的模样。他一动就表扬老婆乖，可爱，听话，这个样子就别想听好话了。擦擦眼泪开了手机，他的短信哗哗地进。定了定神，云淡风轻地回复着："刚才手机没电的。我只是出来走走的。十分钟后到家。"

眉子不说话了。这就好啦？

嗯。不要想着做赢家。肯输，才会赢的。男人都是牛，不要把他惹急了。你乖，他才憨的。

"眉子，拍个照片给姐看看？"

"我不。现在最丑了。"眉子期期艾艾的，"发火着呢。扭曲的脸，一点不好看。"

"就是了。去，给姐传张来。这张扭曲的脸，他看得多呢。你现在平和多了，还不愿给姐看，我能想象你吵架时那副狰狞。"

眉子彻底急了："姐！你！"

女人都关心自己的容颜。美容护肤驻颜保养，十八般武艺全上了脸。其实，心若莲花，貌比西子的。婚姻中，修炼自己，成一朵自在莲，不做赢家，专输给他。

2012.11.07

是女人就不要做汉子

听张晓惠姐姐讲课。

姐姐算得上女中的汉子，市妇联副主席，作协副主席，中国作协会员，出了六本散文集。其中《坐看云起》入围第二届中国女性文学奖。

可是姐姐是一个标准的女人，长发披肩，砖红色连衣裙，橄榄绿风衣，是风中的美人蕉，枝枝叶叶舒眉舒眼。姐姐坐在台上说，角色要分开。女人就应该还原她的本性：善良、温柔、水灵、轻盈、妩媚、慧敏……

那年姐姐突发眼疾，后来写了篇美文，那股芬芳，隔着报纸都能嗅得到。"他大笑呵呵：你哪似可怜的小瞎子？这么厉害，你是女海盗呀！"那是姐姐眼睛突然看不见了，缠着白纱布戴着墨镜，张牙舞爪地对着老公。

很多时候，我们在尘世久了，需要面对的东西多了，于是层层壁垒，让自己俨然成了汉子。以为晓晴老师也是条汉子。早年在乡镇工作，男人堆里混出来的，大碗喝酒大块吃肉。做起事来，有名的风风火火雷厉风行。什么任务布置给她，卷衣捋袖立马行动，从来没有办不成的事。说话也是一竿就见底的："那个时候，就不行呀。我跟你儿子又没睡觉，怎么就不能退婚？"说的是自家婆婆。老师识得一肚子字，却在很小的时候，经人介绍找的对象。对于一个思想正在复苏的文艺青年，这比抹了脖子都残忍。老师和自己的姐姐，一个比一个优秀，满腹诗书，姐姐先杀出婚姻重围，婆婆怕婚事黄了，找上门来。

老师的外表，也很干练。短发、职业装，很绅士。接触多了，才发现，老师是个不折不扣的女人：担当、隐忍、大度、包容、自信、侠义、高洁、柔软一样不缺。

两年前，老师家先生尿毒症，决定透析，住进了医院。一切准备就绪，家人也陪护左右。老师看着先生被推进那个房间，突然放声大哭，不管不顾。她事后告诉我们：那个难过呀，天塌下来一样，我们怎么就过到了这一步？

现在，老师家先生，每周要透析三次。老师电话我，满满的是母亲的宠溺："我说他呀，像个草塘虾。去看过他，回到家，就神气大六国的，一头的劲，什么都抢着干。要是忙得没去看他呀，就有气无力地缩在沙发上，屁股高过头，嘴撅得高过屁股。"

人人看到老师杀伐斩断的一面，又有谁能想象得出她似水的柔情？这场婚姻，用她的话讲，20岁没有过浪漫，三四十岁就这么过来了，到了五十，就是相依为命了。

听课的，清一色的三十五岁以下的青年女干部。晓惠姐姐实有所指，很多时候，我们顶着个女强人的帽子，就当真跟男人一般冲锋陷阵了。角色待久了，回到家来依然颐指气使飞扬跋扈，替孩子作业签字都拿自己当女市长的。

只是，即便是国家元首的位子，只要撂挑子，就会后继有人，生孩子照顾家庭你却是唯一。那是你做女人的职责范围之内。

倒是见过真正的汉子。

旧日同事，突然有一天，拖着个拉杆箱，离开了家庭，离开了孩子。之后一直也有联系。同事很拼命，没命地加班。现在的企业，都拿女人当男人，拿男人当牲口。同事有自己的憧憬，快快地挣钱，可以在自己的城市买套小房子……是不是还会有供车的准备？大致原因也只能猜出几分，是怕了家庭的琐碎磨平自己曾有的向往，怕自己如普通女人一样，俗气地有一天空间里铺天盖地的不是奶瓶，就是尿片，一张口，不是男人就是孩子。只是，这些不都是女人的天职吗？

只是上苍赋予女人性别，曼妙典雅莺歌燕舞，那就好好享用。从前因为妇女没有地位，才叫着嚷着男女平等女人也顶半边天。现在不要说没有地位了，直接凌驾于男人之上的，比比皆是。是时候回归性别了。有太阳一出万丈光芒就要有月亮的轻柔曼妙，很多时候，不要丢失自己的同时，适当回归到女人的本位，照顾好婚姻家庭那是你事业的一部分。

听课归来，已是十一点半。沿途买了老公要的苹果儿子点的鸭脖，又蹲在路边铲了半口袋沙子，留着我家小龟龟过冬用。

赢得了战役，输掉了战争

　　最有趣的，莫过于老爸老妈吵架。

　　老妈事无巨细，亲力亲为。老爸游手好闲，玩乐一生。所以老妈看得就火大，稍有事端，立马开炮。家里是战火纷飞。唯一太平的日子，就是外婆过来。外婆说话从不大声，妈妈的委屈，明眼人一眼就能看出。外婆偏不，外婆指着妈妈："你看看你。从前由着你的性子来，都是因为你们姐妹四个，你强悍一些，总能照顾点妹妹们。可是，在家里，这成什么样子？"

　　彼时，老爸剑拔弩张，正想着狠狠还击，立即放弃了，朝着岳母大人深深鞠躬。老爸打扑克，满屋子乌烟瘴气，香烟叼在嘴上摇头晃脑地唱："下流坏子不学好。"老妈一听，幸灾乐祸："唱得真好呀，自个儿还真说对了！"老爸我行我素，乐不思蜀，只当刮了场西北风。

　　外婆踱着小脚进来了，手里提着茶瓶，一桌子四边挨个倒开水。四个角色惊得起身跳开，接过开水连说折煞了、折煞了。外婆提着茶瓶，再次踱着小脚走了出去。没多长时间，那几个家伙陆续离席，老爸猫着身子悄悄溜进自己的房间。我们侧耳听，难得的，爸妈那边一点争吵也没有。

外婆无疑是高手。老爸老妈但凡吵架，只要被外婆遇上，妈妈浑身理由，总被收拾。外婆如果一心想着帮老妈打赢每一次嘴仗，只怕老妈早被扫出夫门陪她这个寡母了吧。

后来便是姐姐了。姐姐姐夫新婚宴尔。姐姐被欺负了，眼泪鼻涕跑回家寻安慰。老爸一生糊涂，此刻清醒，对着老姐，桌子一拍。关键时刻胳膊肘从来都是往外拐的！

然后便是我了。从前在家两手不沾阳春水，嫁得夫家，先生油瓶倒了都不扶的。参加了个培训班，更是埋头纸堆里，有时，跟我说话都成了奢侈。一生气，搭了班车，回到家，人未开口泪先流，无数的委屈只等老爸老妈主持公道。老爸还没听全，四个硬币往我手里一塞，拉到家后面的站台，把我就往车上推："回家回家，人家那么多字，你写的呀！"

近日回家，楼下一辆大卡车，装满了崭新的家具，楼下新婚的小两口，到底还是分了。女方走人，车子是她们派来的。一大车子新家具，娘家人站了满车，手一挥，车就开始徐徐启动，男人追过去，叫着："小婉，就这样走了？"女孩从大卡车上跳下，扑进男人怀里，拼命哭了起来。一个五十多的妇人，该是丈母娘了，拉过女孩，强塞上车："到现在了，还不快滚！"卡车卷起一路的灰尘，呼啸着朝着小区大门口挺进。

一场婚姻就此结束。闹腾时，我们也都知道。女孩怕做家务，两人洗碗都是石头剪子布的，女孩指甲尖，那天再剪时，就划破了男人的手。当场就用创可贴处理过了，女孩也很心疼。偏偏婆婆过来，心疼得不行，当面没说话，背地里抹眼泪，说自己养大的儿子，骂都没骂过，哪轮上人家来打呀，还出血了。恰好就被女孩看到了，当下就指着男人的鼻子："你还是不是个男人呀，不小心划了一下，还好意思向你妈告状了。有意思吗？就你有妈，谁家没有妈妈呀。"

这么点事儿，女孩搬来了娘家人。现在都是独子，自己家没有哥哥，还借来了一个远房表哥，到新房里好一顿打砸。那是真正的战斗。不长的时间，新房就被自家表哥砸得稀巴烂，女孩心疼是心疼，总是胜利了呀。男孩一灰心，躲进自己父母家里，再不肯回新家了。男方父母不甘示弱，揪起一帮家人，去女孩家讨伐了一通。不过两个月的时间，就走到了离婚的边缘。

其实，两人过日子，牙齿还有不跟嘴唇斗的？白头偕老幸福一生才是战争决定性的胜利。十恶不赦的人，很少。大喜大悲的日子，很少。铁达尼克式的生死相从，很少。每一次小吵小闹，都是战役，没有一方不是全情投入的，为的就是夺取根本性的胜利。好吧，以女孩的事为例，一顿打砸，替女方出了气，得胜回朝，那么婚姻呢？彼此的胜利多了，婚姻便成了残骸。这个结果，怕不是双方父母愿意看到的吧？而他们恰恰成了帮凶杀手。

店铺客人吵架，为春节回哪个家的事。现在都是双独，回父母家过年，可能商定的是一家一年。今年恰好轮着去女方家，但男方恰好又有了什么事了，男方安排一家三口回自己家。女生签名上，那个火呀，透过屏幕都能烧过来。第二天签名又变："哼，别以为你买了礼物，就能收买我了！跟你没完！"妈呀！斩尽还要杀绝，我吓坏了，在下面评：小乖乖，得了"礼"就饶人呀。女生倒也乖巧，扑哧一乐："姐姐，你还真有趣！"

赢得了战役，输掉了战争。那么宏大的题材，被我用在了如此琐碎的家事上。事实上，有人的地方，就会有观念相左，就会有争吵。夫妻、父子、母女、婆媳……无一例外。夫家七个孩子，我面对的是妯娌三个、姑嫂五个，再加上婆媳，要有战争，天天硝烟弥漫的。凭我的伶牙俐齿能说会道，杀她们个片甲不留定然不在话下。但我从不参战，但凡有战火，延至我脚下，自动熄灭。我的才华和智慧，只有用来协调她们的关系和矛盾。

其实，我只想说，一定一定不要眼盯着脚尖前方的战斗，生怕自己败北。如果战斗中有内外还有亲疏时，请记得吃里爬外。如果很不幸，你和你最亲的那一个成了扬扬得意的胜利者，恭喜你：你们离真正的战败很近了。

食草型 & 食肉型

跟威小宝杠上了。

先说说我身边的一群孩子。我的一颗老心脏，迟早因为他们歇菜。那天得闲，小丫头跟我说："瑛姐，把小胖纸抱来让姐姐们调戏调戏。"

小胖纸还真和爷爷奶奶一起来了。小丫头争抢着来抱，一张张花朵般的脸，贴在小胖脸旁："唔啊！""叭"地很响地亲上一口，得意地走开："耶，真爽！"

离开店铺时，天还大亮着呢。小丫头们拖包带口逶逶迤迤向街上奔涌而去，完了朝我摆手："瑛姐拜拜，我们鬼混去了。"

好吧，这就是我的一群内敛文静的小丫头们。一早到店铺，是最最兴奋的时刻。拍拍打打嘻嘻哈哈，突然冒出一句，不要笑得这么淫荡好不好？我吓了一跳，继续埋头做事。一会儿又叫了，瑛姐，她在摸我的胸。

天。我承认，店铺够挤，而我的小丫们长得又不算太瘦，于是，穿梭拿货间，难免会碰着彼此。这下热闹了，碰着了趁机捞一把，完了大声向我告状。

前天又有了，某男嘉宾发表观点，尽管男人各异，眼光各异，他表示他还是喜欢小蛮腰女人。于是威小宝友情提示：愿人人成为小"腰"精。

腰精常常有，只是这个男嘉宾算哪根葱。上述的，被我称为肉食动物。

威小宝个高苗条，长得旖旎，还有花一样的年纪。但这个世上，最多最经常的风光，是一日三餐的凡花俗草。小宝的文里面，还有个观点，是一个男人的观点，一个女人，内里再秀美，也得有外表让人有足够的兴趣，才有看到她的内里的可能。

这些我全认同。非但男人，女人都是视觉动物，第一眼看中了，才会有第二眼看下去的可能。只是，年龄的原因，视角和感悟会有大不同。我的爱情，全是琼瑶启蒙的。我们的爱情，止于望梅止渴，止于天崩地裂，止于牵手，最多的便是那个吻，可以生也相从、死也相从，可以魂也相从、梦也相从的那种。是谓食草。食草族的爱情观：如果牵手，就要白头。食草族的吻，止于"谁吻我之眸，换我一生爱恋"。那种吻都不是肉欲型的，是长者风范，点到为止，是谦谦君子，一室兰香。

现在孩子就不一样了。用威小宝的话说，"姐姐，你 out 了"。我真落伍了。一早，曦 MM 的签名是：初恋真可爱。

　　晕，我看了几天了。大致意思是，她的初恋，送了一顶小粉红帽，拍上片片秀了几天，这会儿还不过瘾，直接来个签名表扬。我要是她老公，一脚踹进网里，就不要爬上来了。曦 MM 哈哈大笑："姐，我已经很低调。初恋是小学五年级的，朋友和老公都熟悉的。"

　　好吧。我确实像个老夫子了。这在我身上永无可能了，取悦了初恋，老公情何以堪？何况，如果那段恋，温暖过你，不是应该藏在心底最深处，唯有夜深人静时才可以拿出来静思几分钟？如果婚姻足够幸福，那些余温，不是早已经化成了其他的暖？一句内心表白，一次对别人的话语的赞赏或认可，只要公之于众，不管有意无意，都成为一种自我展示，需要有对自己的品牌珍爱，更需要有顾及，顾及那些关心或关爱自己的人的感受。

　　和威小宝有过聊天。"姐，有人喜欢过你吗？"会的。人在江湖漂，哪能不挨刀。喜欢上别人，或者被别人喜欢上，都是有可能的。但我会选择，深藏心底，自然消化，了然无痕。

　　而不管男人承认不承认，能和他一生走到老的，一定是心灵相通的精神层面的人。那些凭着腰臀和胸，引起他短暂迷恋的，最终都是过客。爱情只是瞬间，婚姻才是永恒。男人都是懒散的，婚姻是棵根深叶茂的大树，那些小"腰"精，可以点缀枝头招摇片刻，而可以和自己一起慢慢变老的，一定是那个发变白、肤松弛、牙脱落、步迟疑的水桶腰，可以和他吵、可以和他闹、可以和他捣的老女人。

　　去接儿子放学，成双成对的从学校出来，如果是晚自习出来，不是少儿不宜了，是我们这些渐上年岁的人不能睁眼了。饭桌上，装成无意，还是愿意向儿子灌输，身体是一份厚礼，如果没有准备好，请不要轻易交付，男人女人都一个理。

　　说说我的威小宝吧，人群中的她，不惊艳，不抢眼，倒是一袭棉质旗袍击中了我和姐夫，俨然一蓬"茅檐低小，溪上青青草"。没有留意过她的长相，倒是她笔下的文字，让她更添几分妖娆的春色。而这份美好，随着她的日趋成熟，还会加分。

欢情薄

　　旧日邻居，从前好到两家可以并一家。两家的孩子年纪相仿，吃在一起，睡在一起，上学都在一起。突然就反目成仇了。不只是反目，要告对方到法庭。朋友星夜前往，说合。

　　呵呵，很熟悉他们了。当时，颇有些微词。说的是西家男人，小小地方官。东家女人，娇俏妩媚，在西家男人手下任职。多数时候，可以看到他们双进双出。

　　只是一别经年，两家只为鸡毛，便大动干戈。朋友熟悉他们两家，只怕是，能说得合？西家男人早已退位，东家女人也已风韵不存。昔日欢好，俱为云烟。微风轻拂，便消失殆尽。一有蝇头小隙，立马决裂成天河。

　　当年同事也是。选举加工资，两人选一个。其中一个年长男徐生，颇有心计，投票之前，做工作，允诺大家好处若干。结果令人哗然，他仅得一票。于是，大家都不愿说破自己没有投票，便把那一票纷纷往自己头上加，拍年长男的肩："幸好我投了一票。"年长男冷哼："不要做梦了，那一票是念投的。"

众人闭嘴。算是男人第一次公开自己的隐私，虽日后大家也只是猜度，然他们要好的程度肯定非比常人。

偏偏，这样的好，白驹过隙。念不知怎么就成了男人的眼中钉，拔去唯恐嫌晚的眼中钉。从来不知道，一个男人，整自己喜欢的女人，可以到那种地步。因为目睹，更觉齿寒。男人先是断了念的好处。再是，开始时时处处给念小鞋穿。还不够的，正值单位改制，拿念第一个开刀。花容月貌的小女子，发配充军到最偏远的小村庄。念似乎也在那一刻心死，居然接受了这个最残忍的报复，一夜白头，卷起铺盖卷走人，再没能够调回。

那次吃饭，一桌子的男男女女，莺歌燕舞，美酒加咖啡。那个徐生，俨然一人尖子。和他一同赴宴的，是个妙龄少妇，眼波流转，仪态万方，似浅粉满枝丫的合欢树，每一个花瓣都是最撩拨人的春光。

推杯置盏间，徐生接了个电话，不过三两句，便极不耐烦地要挂断。因为人少，很明显听清了原委。旧好。

同席司机小心请示："不如，我去接一下？"徐生愤愤："不用！"司机有些不安："她从那么远的乡下赶来，我去一下？"徐生面若寒霜："不用。"

偷眼看少妇。唇膏厚厚的小嘴，没有离开酒杯丁点。替她庆幸，长得花哨也有好处，不用联想。我一个外人就心寒得不成，从来只听新人笑，哪能听到旧人哭？想象中，那个心怀不甘的乡下赶来的女子，一定也有最好的年华，最美的容颜，却生生地遭人践踏。今夜的寒风，只能她冷暖自担当了。

和事佬朋友大半天时间赶回了。问结果，苦笑。等着对簿公堂。"东风恶，欢情薄"。语出陆游和唐婉。那样的两个人，情形完全不同了。他们是被迫。陆游母亲棒打鸳鸯，生生逼散这对夫妻。这个世上，维系恋人的是，初见的甜蜜，厮守的浪漫，花前月下的你侬我侬。维系爱人的是，家庭的担当，一纸婚书的约束，相濡以沫、淡如水的相处。最脆弱的，莫过于这种情人关系。东风，原是得意的马蹄疾，是一帆风顺的助阵，一场情变却让和煦可人的东风极尽狰狞。欢情，原是良人美景、春宵苦短、千般恩爱、万般缠绵，却一朝生厌，彻骨薄凉。

更哪堪，晓风残月酒醒杨柳岸？

倒不如，开始便不爱。

敢不敢和我比比爱

　　题目读来有些小忧伤，这个世上，爱是如何能描摹得出来的？明知难摹偏要写尽天下情深。

　　二嫂家有两只狗。一大一小，喜欢摇着尾巴，随在二嫂身前身后。笑二嫂霸气，走路都有保镖的。二嫂也笑，指着两狗说话："嗯。就这两人。走路都没个好样儿。明明路宽着呢，小的偏偏欺着大的走，欺到没有路了，还要往田里逼。"小的那只似乎听懂了二嫂说的是它们，越发扭着屁股，把大的欺到无路可走。二嫂着恼地拿手中的毛巾甩打小狗，大狗不干了，缠到二嫂脚边来，二嫂毛巾每一下都落了空。二嫂好笑："它就是以小欺大，平时吃饭一人一个盆子，分好了也不行，小的总是先到大狗的盆里，拱一番，然后再笃定地坐到自己的盆前，慢慢享用。"

　　平素最看不得男人抽烟，是闻不惯那个味道。小女人跟哥哥好上了。小女人那个性格，上一刻能对你好上天，艳阳高照彩霞满天，下一刻杏眼圆睁怒火四射连环发炮。那个火一发呀，哥哥立马举手投降，一低到尘里。我们在一旁看得哈哈大笑，做女友的感觉真好呀，颐指气使，为非作歹。有时看着哥哥被整得那么惨，我们都看不过去。可是人家一个愿打一个愿挨，我们就幸灾乐祸看戏儿，实在哥哥被欺负得紧了，我们才伸手相帮。

可是某一天，我发现了，我问小女人："哥哥那么好欺负，你怎么不把他的烟给逼了？这个时候，最管用的。"我有些居心不良。这个时候，小女人说句话，还不是圣旨呀，莫说让哥哥戒烟，戒饭都戒得。小女人嘻嘻哈哈："这个我不。他喜欢抽烟，跟我喜欢穿衣吃好东西一个理儿。我喜欢吃的东西，他都带着去。抽烟就由着他了。"

小女人买了辆小自行车。一觉睡过了，自行车来不及骑了，开了电动车来上班。小车留着哥哥骑来。哥哥近一米八的大男人，屈在一辆小二四车上，那叫一个难骑呀。哥哥也真是，难骑就难骑吧，就他，也敢抱怨，几趟电话来诉苦。小女人先还是哄着的，一会儿就勃然大怒："纠结个头呀，再说晚上还是你骑回家。"真叫一个酣畅淋漓，我再递火把："把哥哥休了。"小女人喷的那个火呀，苹果都要被烤焦了。

想想不忍，劝小女人："一会儿还是你骑回家吧，他腿长，弯不过来的，骑不如跑。"小女人在偷笑："我知道。就是气气他的。"还没等我说完话，小女人扬长而去："走了！换车去了！给我家哥哥买水果去了！下了夜班要吃的。"

太阳好晒。我骑着小自行车，走街串巷。后面响起车铃声，三轮车叔叔唤："天这么热，还出来骑车呀。"开心地应他，朝他挥手。以为他是送客的，没料到，坐在车上的，是他老婆。哈哈大笑。三轮车叔叔多次出现在我的文中，一个骑三轮车的，却钟情于诗歌。老婆在一个小印刷厂上班，三轮车叔叔这是在送老婆上班呢。老婆微笑着朝我致意。正是上桥的坡度，三轮车叔叔奋力往前，有风吹来，老婆染过的发，多半又白了。老婆端坐车上，看男人伛着的身影，笑意愈深。

我是个多么容易感动的人？三轮车是电动的，呼啸而过，很快消失在人流中。我却撑下脚，久久不前。我的包包里，新买来的书，散着油墨香——《猜猜我有多爱你》。超爱这本书，集了很多版本了，不同的时期，买来送各样的朋友。小兔子跟大兔子对话：小兔子说，猜猜我有多爱你？大兔子猜不出。小兔子伸长自己的手臂，有这么爱。这好办呀。大兔子伸长自己的手臂，我有这么爱你。小兔子服气了，大兔子的手臂长多了。小兔子等会儿跳了起来，我有这么爱你。大兔子一跳，比它又爱出好多。小兔子想遍了自己能想出来的主意，大兔子爱它还是会多一点。小兔子只是一遍遍求证：你敢不敢和我比比爱？你敢不敢说，我爱你比你多多了？人生最幸运的，莫过于，一直有一个人，握着你的手心，望向你的眼底，保证：我能够、我敢、我发誓。还会多那么一点点。

生日要到了，觍着张脸，晃荡在他面前：买个什么送我？他嫌我碍眼，推开我：如果现在还停留在买什么送你，那也太低级了。气结。那应该是什么样的？他在电脑上寻灯，家里装修已经几年了，有些灯不亮好久了。他一边忙碌一边答着："给你无忧的生活。"又指了指我飘窗上的花草，"让你活得如它们一样舒展。"

总要有些事情不会

　　一早在看书，那人进来："你豆子还泡在那儿呢。"弹身起来。忙忙地过去淘豆、清洗、灌水，放进豆浆机，插上插座，机器开始运转。我才想起来，转身问他："你怎么不弄呀。"那人一脸无辜："我不会呀！"

　　哦。高科技，他不会。豆浆机在家里少说有十年了，他不会用。家里还有哪些事他不会的？我在细数。洗衣机，他不会用。叠衣服，他不会。

　　找男人时，标准就是要样样会的。缘于老爸老妈的婚姻。爸爸是个油瓶倒了都不扶的大男人，什么事都不干的。妈妈一人忙里又忙外，偏偏又不是个低眉顺眼的传统女性，做了事，就要跳脚的。跳脚骂老爸：粗不能，细不会。也是的。从前农活，脏的、累的、重的，都该男人做的，老爸常年不在家，老妈就得包干。有时，刚放下药水机，就要赶往桑蚕房。养蚕几年，年年中毒。老妈冷了心，索性搬到农场去了，不用在老家，抱着几亩桑田，痛苦万分。不喜欢他们吵架，永远的主题，老爸花天酒地什么也不做，老妈机器一般连轴转，什么都包干。

按理，我妈这么能干，我爸就是掉进天堂，他们的日子就该好过上天了。没有。一路吵。我总在想，我妈这么能干，我爸还想怎么的？后来看到婆婆，我才知道，爸妈问题出在哪了。婆婆长得五大三粗，大字不识。我成家时，她就六十好几了。过来跟我带宝宝。那时是集体宿舍，她老人家每到晚上，就不敢出门，上个洗手间都要我老公陪着。我就撇嘴了，就她这六旬老太，人家劫财还是劫色呀？后来我才懂，公公跌瘫在床，一直不敢离世，就是因为婆婆的胆小怯懦。公公拉着我们的手："我早就能死了，可是丢下你妈，怎么办呢？"

后来是婶婶给我启示。一大群人在吃饭，婶婶电话过来，说家里的纯净水用掉了。她搬不动，换不上，没水喝了。叔叔唯唯诺诺答应着。心有所动。婶婶多么会做女人呀，要是我妈，卷衣捋袖，三下五除二，搬了一桶往上一按，万事大吉，哪还有男人什么事？

所以爸妈的婚姻才会狼烟四起硝烟弥漫。老爸竟是可有可无的，妈妈那么强悍，想插手都不知道打哪儿进。

这话我姐就同意。姐的朋友，叫红芹。专职太太。在我们看来，她就该包了所有家事，让男人放心在外拼搏。但红芹就不。好多事她不会做。炒肉丝不会。肉丝全数切好，配的茶干大椒切好，就是不会炒。男人在工地上尘土飞扬、意气风发，老婆一个电话，就麻利着回家炒肉丝了。还有辅导儿子作业不会。红芹眼一闭："我没识几个字，别把你儿子给带坏。"老公在外再多应酬，到点了一准回家："我得回家陪儿子做作业，老婆不会的。"

这就对了。婚姻，原本是男与女的组合。太阳一出，光芒万丈。黑夜是它照不到的地方，就会有明月冉冉起，阴阳调和，世界澄明。

我还在想，要是我的男人，又会磨豆浆，又会洗衣服，又会叠衣服，我存在的意义还有多大？我又在想，我老妈千能干万能干，独独不会管钱，每有一分，都要塞到老爸那里的，由着他全权支配，那是不是她顿悟后的明智之举？这个世上，竟也有她不会的了。

我终于原谅了她的发胖

我发现，我就是个太平洋警察。管得就是宽。

先说说女人的类型：一种是美人，一种是丑人。最佩服同事的女儿，从小优秀，一路考到南大，偏偏长得国色天香，却不自知，只当自己是马齿苋，南大校花，男人却是最不起眼的同学。带我们吃喜酒，我家小儿，屁大的人儿，回来竟慨叹："妈妈，姐夫长得也太不配咱姐姐了吧?"

哈哈。笑坏我了。同事一家长得全好看。当初女儿和女婿谈的时候，同事百般劝阻，女儿比他有主见：你不要反对我，我不喜欢一把年纪了，都找不到爱的人。彼时，女儿正读研了。女儿正色地说：他对我最好，把所有人都比下去了。这就够了。从来高智商的人情商都低，同事女儿却可以如此睿智。

一年后，再在她妹妹婚礼上见到她，尘埃落定，一脸娇憨，那个痴情的男人，鞍前马后侍候一边，不得不叹，还是找对人了。

自古红颜多薄命。同事家两个女儿，花容月貌。她们自小饱读诗书，各种薄命的故事烂熟于胸。所以这两个孩子，一路当自己是草，那么漂亮，却从不自知。她们一个同学，当年被并称校花的，比她们张扬得多。容貌是她青春枝头悬挂的硕果，她也乐于拿果子诱人，还在高中年代，就遍谈男友。拿个黑名单，但凡前十名的，夸口一年之内，统收她的石榴裙下。还真灵验，英雄难过美人关。一年后，前十男生，无一不落下马来。校方震惊，把女生列为一级恐怖。

女生后来学校考得还算好。只是一路男人追捧，再走不到正常人的生活轨道。同事女儿婚礼她也来参加的，单身一人。别人都双着，她反而单了。狂蜂浪蝶的簇拥，让她失去了正常的判断。她已经无所适从了，无从知晓，哪个才是适合她的。

这是美人的两种类型。一种红颜薄命，一种是红颜不薄命。薄不薄命，你自己说了算，路是你走出来的，命是你铺下来的。

再说说丑人吧。我有个同事，嘴角一颗黑痣，肤色极黑，她常拿自己开刀："我就是个丑人，但是我面对现实。"同事不事打扮，不涂脂抹粉，干练果断，又常会说笑话，不管男女老少，都乐意和她相处。跟她相反的，是另一个同事。真正丑人多作怪，很胖，又不会穿衣搭配，但特别招摇。三丈之内的男人，全跟她有染。已经定下男朋友的人了，未来婆婆成天跟在后面捉拿怀疑对象。同时游走在三个男人之间，偏偏有一个男人，未婚，涉世未深痴缠在后。某日，女人跟另一个男人去海边吹风了。这个小男人跟我叹气，还是你们这样好呀，我都不知道哪天轮到我。一口开水，嘴里不上不下，差点就喷到小男人脸上。深深同情他，找个劈腿的女人就得有这样的耐心，等吧，一三五，二四六，总有轮到陪我的那一天。

其实世上，多的是丑人凡人长相平平的人。这样的人，性情特别好，做事有担当，过起日子来特别妥帖。如此一想，丑人凡人市场繁荣势在必行。

曾经写过一文《NP，你没有发胖的权利》。NP是什么人呀，全国人民的梦中情人。突然有一天，她出来了，胖得失去了原形。大失所望，不禁拍案而起，你是个公众人物，谁给你发胖的权利了？

邻家媳妇，24岁生下儿子。她的从前，很不堪，跟过一个男人私奔，生过一个孩子。跟男人认识后，隐瞒一切过去。我陪她上产床的，医生问，你之前生过孩子？我一头差点撞到墙上。她倒淡定，是的，生过。好吧。这个时代，再不是放进猪笼沉塘的时代，我们也不会死揪着她那段过去说事。但奇葩的事情来了。孩子六七个月时，女人突然为孩子断奶，然后躺在床上六天，不眠不休，吃苹果度日，待得起床，脱胎换骨，形销骨立。然后弃儿子而去，去外地打工了。开始还会一周回来一趟看儿子，后来渐渐脱离了家人的视线。拖到孩子五岁上，两人还是离了婚。

后来了解了NP很多事。她生下了孩子，孩子又有了小意外，心力交瘁，儿子成了她的天下，哪里还顾得上自己的外形？再次出现在众人视线中的她，变得面目全非。

不禁对她的胖到失形肃然起敬。儿子重于她的形象的。虽然她那样的身份，那样的职业，形象重于生命的，但儿子终将重于她的生命。这样的女人，不美之后，却更美了。而且之后她更奋进了，绘画写作都有涉猎，且因有从前事业的基础，做起这些，都从容得多。

追着看她的文、她的画，比从前她光鲜夺目地站在台前，更铁杆。女人的美，一个阶段一种定义。

如此一想，NP 发胖有理，美到销魂。

第三辑

掬一段情暖一生

南瓜面疙瘩

　　小半个南瓜，切成方块，随冷水下锅，水开了，拿一碗面粉，调成糊状，用根筷子，将面糊一缕一缕地刮进锅里。糊状在沸水里变成疙瘩，不长的时间，疙瘩熟透，南瓜烂足，疙瘩奶白，南瓜橙黄。她站在一边，看他熟练地做完这一切，欢呼着："哦，可以出去玩了。"

　　那个年代，家家吃这个。偏偏她不会做。大人们离家，做饭的任务，落在孩子身上。他不过大了两岁，一切，替她挑起。

　　太阳还有好高，晚饭早早被他代替着做好了，他们有大把的时间可以玩。玩什么呢？请吃面。

　　地上随意挖个大塘。泥土是天然的材料。又是他提着一桶水，灌进洞里。水和着泥巴。她膝跪着，用手捏泥。三分钟热度的性子，能捏什么呢？捏什么都不像。他却很专注，捏一张桌子，长条状的，能坐 12 个人。捏四张长凳，一边一张。捏 12 个小碗，碗上还划出一朵朵花。她坐在一边，看他捏，突然不干了，一堆有模有样的东西统统踢飞：哼，我做不起来，你也别想有。他好脾气地重新拾起，呵哄着：我捏的，是我们两个人的。

她一咯噔，拿着脚踩扁那些泥巴：才不要。丑疯了。扬腿朝村外奔去。他在后面追：小心点，跑慢些，前面有个大洞。

他的提醒还没落音，她便一头栽进了洞里。是村里安涵洞用的，很深很窄，里面黑乎乎的。她哇哇大哭起来。他趴在地上，手伸给她，抓呀，抓住了就能上来了。她只顾着哭，不肯伸手。半露的涵洞磕破了她的膝盖。她的哭声惊惧里夹杂着歇斯底里的恐慌。他在上面，并不知道她的伤势，一急，跳了进来。他哈哈大笑，她赖在洞底，不肯起身，洞不过比一人高了一点点。他让她站在自己的肩上，她破涕为笑。她爬到了洞口。他自己扒着洞口，一跃就上来了。他又哈哈大笑了。这下完蛋了，她扬手抓起浮尘，往他面前一撒：让你笑，让你笑！

一溜烟往村口跑去了："回家啰！"炊烟四起，暮色中的她，弯曲的泥路，路边的晚晚花，一朵朵打开，玫红的瓣，黄黄的蕊。她在花丛中奔跑腾跳，他跟在身后，目光追着她。

一个农庄，一条中心路。她和他把家里的桌子放在路中心。两家人就坐在一起晚饭。劳作了一天的大人，总算坐下来歇息了，絮絮闲谈，她和他抢食。他吃南瓜，她就抢南瓜。他无奈，捞起一块面疙瘩，她筷子一敲，面疙瘩落进碗里，她直接夹进自己嘴里。一个晚上，他什么也没有吃着，她抚着圆圆的小肚皮，欠身都困难。他爸仰天大笑，冲她爸说："把你家女儿给我们家做媳妇？这样多好呀，两家并一家。"

她一听，立马恼了。不肯再理他。

只是，南瓜面疙瘩，她还是不会烧。下午，做好作业，早早坐在灶前，点火是个技术活，非要有一把软草，把火引着了，循序渐进地加进硬些的干柴。偏偏她不懂，烟呛得一声咳嗽大过一声。他过来了，抢过草，不一会儿工夫，火就烧起来了。然后放冷水，切南瓜。调面糊，疙瘩下锅，一气呵成，她看得呆在一边。

后来，她读书走出了村子。他因为一场误会，卷入了一场官司，服刑一年。她不知道该怎么去看他。收到了他的一封信。对于自己的官司，他只字不提，只在信中说，好怀念南瓜面疙瘩的味道呀。她的泪水哗哗地出来了。她说："等你出来，我做给你吃。"

再见面时，他们彼此快认不出来了。他儒雅干练，早成了小城要人。她也中年了，在自己的领域水起风生。约好两家一起吃饭，说好自己动手做饭。

她坐在一边，看他忙碌。半锅冷水，半个南瓜，一碗面粉。水开了，南瓜熟了，面疙瘩放了进去。满满一大锅，两家的孩子乐坏了。六个人围坐在一张矮桌上。她家的男孩环视了大人，突然冒出一句："你有没有发现，你妈跟我妈特别像？"他家的女孩也看了大人一眼，惊呼："真的耶，你爸也特别像我爸！"

小小女孩已经到了她那时的年纪了，已经会欺负人了。男孩夹起南瓜，女孩就一筷叉去。男孩夹起面疙瘩，女孩又一筷子敲落，霸道地往小嘴里塞去。他的目光遇上了她的，她装成没有看到。一颗心，早已飞过万重山。

本色茶

那个年代，喝的茶，都是一大早烧满满一大锅开水，舀进大瓷盆里凉着，放些醋，再放几粒糖精。凉透了的茶，微微酸，丝丝甜，一大勺仰脖喝进去，咕噜噜喝个饱。上学的，会拿喝完的酒瓶，洗去酒气，灌上满满一瓶，带在身边，走在路上，或者坐在教室里时，可以拿出来喝上一口。走到半路，遇到桑枣树，会摘下一把，一颗一颗地数进瓶里，酸酸的茶里，已经分不清哪是醋的酸，哪是枣的酸。糖精是个稀罕物，二角钱一包。巴掌大小的方形纸片，包上几十粒透明颗粒，硕大的盆里，只消放几粒，就可以甜进心里。

她会带茶，每天都带，但是喝得很节省。家里孩子多，大人活儿也苦，一大盆醋茶，常常不到中午就见底了。每次茶喝空时，她还可以把自己瓶里拿出来，救救急。这样的茶，于她，是最富有的私藏。在她不长的人生里，只有一瓶醋茶，可以如此这般甜蜜良久了。很多时候，她打开瓶盖，并不喝，只是闻，闻那股酸酸的味道，闻酸酸中微微的甜。有时，会伸出舌，点点地尝。凉透的醋茶，滴滴清凉，她会发好一阵呆，这是一种非常奇妙的感觉。不太像她这个年纪能品出的滋味。很少有人会懂，她常常是一瓶茶带去上学，晚上回来，还是满满一瓶，似乎只是为了闻闻。

放学的路上，是最快乐的时光，满路的孩子，撒丫子溜。多半是仰脖把快见底的水瓶，全数喝光，然后胡乱地往书包里一塞，继续朝前横冲直撞。唯有她，文静地跑着，书包斜背在肩上，瓶子高过书本，露出脖颈，还有满满一瓶醋茶。几个渴坏的小子，拦住她。她的脸通红，并不退让，护着书包，左右闪躲，只求速速离开。早有手快的，从她身后包抄，顺手一搜，瓶子就被拉了出来。瓶子盖得严严实实。她插进的红牛筋，曲曲弯弯一直到瓶底。那时会有各色牛筋，中空，多半被用来吸瓶里的水，文静的女生才用。得了手的男生，一把扯掉了牛筋，一旁奔跑的人一脚踩在了脚下。

她的泪水直接就出来了。她的瓶子被几个男生轮流抢着，盖子打开了，里面的枣，还有茶，三下五除二就喝得干干净净，完了，把瓶子往她书包里一塞，呼拥着又一路向前。她只落泪，并不吭声，蹲下身子，从泥里捏住那段踩得脏脏的牛筋。

他出现了，一声不吭地拦下那帮小子，指着蹲在地上的她，一字一顿地说着：明天还是这个时间，买一段新的牛筋还给她。喝光的茶就算了，以后谁要是再敢抢，这个，不认人！

他扬了扬拳头。

　　她看向他，默默起身，没有说话，牛筋没有再捡，从他身边走过。

　　很快他们都走出了那个村庄。她没有考上学校，却因为普通话好，当了播音员。他则成了商人，年纪轻轻就挣得盆满钵满。当介绍人相互介绍他们两个时，她扑哧乐了：谢谢你。后来，我有了10根红牛筋，那10个人每个人买了一段赔来。他哈哈大笑。

　　他们很快走进了婚姻。他的事业特别忙，常常出差在外。她的工作特别闲，孩子双方父母带着。她学会了上网。网上的世界好奇妙呀。涉网不深的她，一头栽进了网恋里。彼时，她已经36了，少妇了。可是这样年纪的，一旦疯狂，九头牛也拉不住的。毅然辞去了工作，去见她的小网友。是真小，才20多岁。未婚男生，吊在网上什么事也不做的。看她飞蛾扑火地找来了，男生蒙了，躲起来死也不肯相见。男生父亲看她一个外乡女子，太冒失可怜，一边电联她的家人，一边专程送她回家。

　　半途，男生父亲一个看管不到，她从车上突然跳下。可以想象出她的不堪。女人不是常常可以奋不顾身，尴尬的是，你纵身火海只待焚烧的那一刻，那堆火，却自行熄灭，生生一段热身子晾在半空。

　　他赶到她的身边，声泪俱下，口气里满满自责。商人重利轻别离，从来都以为，给她无忧的生活就是最多的爱。事实上，没人陪伴的日日夜夜，才会让别的男人有了可乘之机。很多人不齿，这样的女人，死犹不够，碎尸万段才解心头恨的。他不这么想，他拉着她的手，一遍遍求她醒来，不能死去，他要带她重新来过。

足足 20 天，她醒来了，关于前事，都记不得了，但能准确地认出他。指着他嘻嘻笑，要喝茶。他忙不迭地泡出各种茶，她摇头，要那个茶。他颠颠去准备。糖精真不好找了，他好容易在市区一家食品添加剂专卖店里找到，烧了满满一盆开水，几勺醋，几粒糖精。她把脸埋进盆里，呼呼地喝着，扬起脸来，正迎着他满满的笑。

他结束掉手头所有生意，和她在小城角落，开了一家早点店。各色早点，店里最大的特色，就是他们的本色茶，只是把糖精换成了宜食用的冰糖。很多人跑很远的路，只为了喝一口他们的茶，微微酸，丝丝甜，点点滴滴，入心，入肺。

她会笑看着每一个客人，迎来送往，偶尔歇息着的时候，前尘往事还会飞掠眼前，只是她愿意，记住应该记着的。

掬一段情暖一生

　　巧英姑姑没有上过几天学，腿有些疾，竟是可以忽视的一个人。像乡间的婆纳纳，原本就普通，长在不起眼的田边沟坎，匍匐在地，从上面走或者跳，都不察觉的。忽然有一天，开出了蓝色的小花，一嘟噜一嘟噜地，想不看见也难。邻居婶婶开始往姑姑家跑：娃儿大了，该说个人家了。广太爷爷臭了一辈子，鼻子里哼了一声，换了个地方蹲去了。广太奶奶央着：可是她的腿，能有人家要吗？婶婶拍拍心口：这事儿我有数。过两天领人来看。

　　男人是兴化的，人很高，看不出哪儿有疾，就是觉得木讷得厉害，竟然连骑自行车都不会的。却盯得紧，自从说上这门亲，便住到了巧英姑姑家。姑姑鼓励他学车。他有些腼腆，能学会吗？姑姑肯定着，能的。你腿这么长，摔下来也能撑到地了。男人开始拿广太爷爷的老爷车练车。

　　一根扁担绑在车后，直接叉到座凳上，摇摇晃晃着，车子就是不向前。姑姑不会骑，会指挥，不要怕，眼睛朝前看，不要总盯着脚下……男人一双脚愣是不肯离地，一双眼睛长得钉在了双脚上。老丈人实在看不过去，扶着扁担，闷声来了句：骑吧！得了平衡的车，突然就可以向前了，男人感觉到一阵轻松，两只脚可以转动起来了，头能抬了，眼睛敢朝前看了。广太爷爷闷着头扶着，并不言语。巧英姑姑拍手，替男人鼓劲。男人心慌，朝着丈人连说谢谢。广太爷爷在后面跟得气喘，还是不说话。男人越骑越顺，还是偷偷朝后看。广太爷爷骂：王八羔子！骑呀，人不值钱命宝贝呢！男人乐了，继续骑着。

广太爷爷松开一只手，擦了把汗，继续扶。男人可以拐弯了，可以慢下来又快起来了。广太爷爷站在原地，脚步踏着不停，男人放心大胆地骑着。泥做的大场，很大很大，男人绕成了圈。巧英姑姑跟在后面踮着腿，男人开心地朝她看。突然眼角瞄到了广太爷爷并没有扶在身后，心下一慌，咚一下栽倒下来。爷爷跳脚骂着："熊男人！怕个梦呀。有扁担，摔不死你。"

男人受了吓，再不肯上车。巧英姑姑过来好言哄劝。我们乐坏了，一个个车子骑得跟玩杂技似的，围着他们团团转。巧英姑姑什么也不说，眼泪啪啪落下来了。这下轮到我们慌神了。姑姑可是我们大家的宝贝，架着男人，赶他起身。广太爷爷撅着胡子离开了。男人起来，跨上车，我们学爷爷的样子，帮他起飞，他又开始可以骑起来了，转圈、拐弯、加速、变慢，一点一点自如起来，姑姑在一边慢言细语地指挥。我们又想法专门训练他下车。男人到底腿长，从座凳上滑下大杠，一只腿先支到地上，车子稳稳地停了下来。

等男人可以自如地上车下车时，姑姑已经做了他的新娘。迎亲的那天，男人随一艘船过来的。那时，兴化和我们之间，还没有陆路，交通工具就靠船。对船，我们新鲜里藏着几分轻视。因为那个时代，船显然要落后自行车很多了。男人倒没有令我们失望，从船里推出一辆自行车，崭新的，后座红带子绑着新毛巾，那是新娘的专座。

男人还是不多说话，把车从船上推上岸，推着走到姑姑家门口。姑姑盛装被广太爷爷抱着交到男人手里。男人不说话，望向姑姑的眼里，道道是云霞，姑姑瞬时就红了脸，红了眼圈。男人把姑姑抱放在自行车后座，姑姑是家藏的珍宝，轻易不示人，待到人面前，霎时就亮闪了众人的眼。周遭一片轻叹：哎，平日里怎么没觉出她的漂亮？

姑姑坐着船被接走了，再回来时，抱着一个大胖小子，自己也胖得失了形。再几年，吹得黑乎乎的，衣服穿得竟是很随意了。我后来离开了村庄。前些年再回去时，遇姑姑偶尔回娘家。彼时的姑姑，已是一个六旬的老妇了，跟她母亲竟一个模子里出来的。男人也老了，和姑姑走在路上，时不时地用手抻抻姑姑衣服的后襟。

现在人的爱情，脆弱如瓷器。倒是感叹姑姑的爱情，初时未见怎么热烈，后来也未起什么波折，却像是藏在心底深处的一把火。因为有过温暖，后来平常的日子里，还能时常重温那份暖，那把火会时燃时新，烛照一生。

致狗小远去的青春

狗小也有童年

狗小是妈妈从夫家带来的。狗小真叫一个丑呀。大癞宝嘴，声音嘎嘎的，像鸭子。狗小原来的家，在我们邻近的村。清明节去扫烈士墓，我们以为，狗小的爸爸，应该是个烈士什么的。

却没有。狗小他爸，就是个普通老百姓，中年暴病，死了。这多让我们丧气呀。狗小觉得很对不住我们，烈士墓扫完了，狗小都没好意思去他爸坟上看一眼。

狗小成绩差，自己也无所谓，倒是自己的妹妹，很上心。似乎他来学校的目的，就是为了护妹。狗小常常打架，每次被唤到办公室，都是理直气壮的，再出来时，依旧雄赳赳气昂昂。"多大的事儿！最多不上学！"狗小跟我同学多久的，没有印象了。他高大威猛，且惹是生非，离他越远越好的。后来什么时候不同学了，我也记不清了。

春暖花开狗小有爱

再一天，我刚进家门，大妈就告诉我好消息。狗小有老婆了！路边新栽下一排葵花芋，手掌状的叶子，笑脸样的花盘，一个绿袄长发小媳妇，穿梭其中，像是早春的杨柳，每一步都是拂过的妖娆。我看得有些呆了。大妈说：就是这个，狗小家的。

最新植物学理论，鲜花的娇艳柔美无不是因为牛粪的滋养培植。狗小以自己的粗壮之躯，毅然做了花下最肥沃的土壤。

大妈说："这个狗小呀，真正把人家小媳妇的一颗心，糖腌蜜泡了。"

小媳妇流落到村里时，并没有人敢过问。这个年代，多一事不如少一事。姑娘虽美，没准是个大麻烦。就在几十年前就废弃的仓库里待着。极瘦。是腊月的寒水，尽管流动，到底少了生气。望向村人，也是满眼戒备。大妈警告狗小：狗小你平时揩姑娘油水，我们都不说你。这是个外地姑娘，你可不许对人家动手，人家会瞧不起我们。狗小挠挠狗头，咽咽口水：可是她那么好看呀。

好看就只许看呀！

狗小得了大妈的令，只看，不碰。狗小从此只有一件事了，四下打零工。得了钱买吃的，买穿的，放在仓库门口，直接走人。小媳妇开始不敢要他的东西，后来习惯了，他来的时候，招呼他进去坐坐，一起吃东西。狗小还是只看一眼，拔腿就走。

这就对了。男人从来只对不在乎的女人动手动脚。男人对一个女人真正上了心，是轻易不会侵犯她的。狗小看小媳妇，那是村头的合欢花，粉红簇簇里云蒸霞蔚，点点滴滴全是诱惑。狗小却不急着去吃，儿时得了糖，托在手掌心，一点一点去舔，丝丝甜气可以兴奋一整天的。狗小的世界，从此，春暖花开。

付与落花啼鸟青春老

狗小去扛石灰。那么大的麻袋。天太热，石灰满头满脸都是。狗小想着看小媳妇，白胡子白发的，太难看。狗小直接往水里一跳。狗小上学少，他怎么会知道，石灰和水，立即起了化学反应。狗小在水里哇哇大叫，忙不迭地爬上岸时，浑身上下都起满了泡。狗小顾不得那么多，舞着自己的小褂子往家飞奔，口袋里还有今天的钱，一想，立马改成抱到怀里。

狗小一口气撞开仓库门时，傻眼了。

小媳妇没有了，只几束散落的茅草。小媳妇扎头发的皮圈，放在茅草上。狗小扑到皮圈上，他的女人走了。他的女人，只给他留下了一个发圈。

狗小连滚带爬往村外飞奔。大妈拦住狗小：她是东北的，男人不是个好料，酗酒赌博，动不动就对她拳脚相加。她受不住，逃出来了。可是，家里还有一大一小两个女娃，她到底是娘呀，搁不下，又回家了。

狗小拨开大妈："我要把她追回来！"

狗小没有积蓄，坐不了车。狗小没有交通工具，只凭腿。狗小遇车扒车，辗转到东北时，已经大半年下来了。狗小并没有贸然进村，连续几天远远地观察女人的一家。那天男人又在家里发酒疯，把一个喝空的酒瓶砸向女人，女人倒在地上嘤嘤啼啼地哭泣，额角流着血。狗小突然冲进去，一拳把那个男人撂到地上，拉过女人就朝外走。男人本已烂醉，倒在地上一时爬不起来，女人还没有回过神来，已经被狗小带到了村外。

狗小沿着来时的路，带着他心爱的女人回来了。路太远，又不比去时一人的单枪匹马。狗小舍不得女人走路，但凡有桥的地方，有泥的地方，直接背着女人，逶迤几万里，狗小和女人终于出现在村里时，大妈倒抽一口寒气：那还是人嘛！

小媳妇被人笑成背上的女人。狗小喜欢这个称呼，到哪儿都背着女人。狗小成了三个娃的爹。前面两个女娃，他养着。狗小和女人又有了个儿子。儿子已经有半桩高了，不影响狗小背媳妇的习惯。狗小打工回来，女人还在田里忙活，狗小折身就去了田里，老婆，回家了！狗小背起老婆就走，儿子小狗一般在两人身前身后蹦跶。大妈红了眼圈，衣袖擦擦眼睛：狗小有福了。

之后，狗小和媳妇一起又回了一趟东北，费了不少周折，和那个男人办了离婚手续。

狗小向亲戚借了些钱，买了一辆送货的三轮拖车，有货就送，没货就到田里侍弄，几年的光景，小日子渐渐上圆。那次在家里吃饭的时候，狗子停下筷子，盯着媳妇看，媳妇被看得不好意思，操着东北口音问一句：看啥呢，狗小咧开嘴笑："你比以前更好看了。"

这个秋天，家乡的柿子灯笼一般挂满了枝头。我刚到村口，就遇到了大妈，她一把拉住我，还未开口，泪就先流了。狗小，狗小可怎么好呢？

狗小的东北小女人居然得了癌症。大妈舍不得：狗小没日子过了，女人是他的命呀。狗小现在狗不干的活，都在抢着揽。老婆更是日日背在身后。他想凑到一笔钱，带他的女人看病，可千万不要出什么事呀。那个女人，可要活到他挣够钱的那一天呀。

狗小在路边。一辆三轮拖车，拖车上放满冬瓜，冬瓜上铺着薄被。狗小的女人坐在被上，看不出绝症的模样，倒是狗小，让人看得心酸不已。一件从前流行过的休闲西装，干净却早已褪了色。头发一半花白，胡须长出一小茬，白的黄的红的，花成一团。呆滞的目光，忧伤成河。

后记：和冯老师长在一个村子。冯老师说，你写写狗小呀。文中的大妈，就是冯妈妈。狗小和他的女人，贫病交加，挣扎在农村。

四十里泥路云和月

　　一早，大爷就起来了。淘米，做多多的饭，中午的饭要带走的。择青菜，小虾米不多了，省着点，炒够一人的份就行了。留着她吃，她需要营养呢。

　　大爷理好灶上，坐到灶下，开始烧火。终于可以喘口气了，大爷掏出打火机，点着灶膛里的火，顺便替自己点了一支烟。手指早被熏得黄黄的。为了省烟，每次都吸到不能再吸，才舍得扔掉。大爷闭了闭眼，眼前雾气蒸腾，烟雾中奶奶笑嘻嘻地坐着，是从前胖胖的模样。

　　"怎么不叫醒我？"奶奶不知道什么时候，站到了一边。大爷起身："由着你睡会儿。一会儿坐车累的。"

　　大爷朝奶奶看了一眼，很是不忍。之前胖乎乎、圆滚滚的，脸上常有两坨红，现在瘦得快脱了形，人也矮了几分。大爷搬了张板凳，奶奶坐在一边，大爷在灶上忙碌，水开了，饭锅要焯一下。锅里油炸开了，虾米的香出来了，青菜能放进去了。奶奶在叫："看你看你，青菜都不切一下。"大爷并不在意，整棵往里放着，铲子几下倒腾，熟了装盘。这些，从前都是奶奶做的。

细细碎碎拾掇，终于可以离家了。大爷把饭和菜分开装进几个盒子里，外面用口袋扎得严严实实。推出自己的电动车。天越来越冷，电瓶似乎变得不耐用，两个人来回四十里，有时，很长一段路都要推着跑的。大爷拍拍车子的后座，用块布飞快地抹着车身："伙计，这一路，我和奶奶就全靠你了。哎，你不吃草又不吃油，都不知道怎么伺候你老。今天你要架势哦。"后面的座垫外皮破了，开膛破肚的，露出里面的海绵。大爷绑上厚厚的棉衣，奶奶是再吃不住冻了。

大爷打好大撑脚，把奶奶往车上抱。奶奶早已裹得严严实实的了，围巾裹得只留两只眼睛，大爷又从里屋拿来军大衣，从前面，把奶奶裹得跟个筒似的。大爷吆喝了一声："走了!"

大爷他们这一路，是要去 40 里外的城里。奶奶是尿毒症，需要透析。从前是半月一次，后来改成一周一次，现在一日隔一日了。透析，就是把体内的血液抽出来，通过机器，过滤掉体内的毒素，然后，再流回体内。40 里路，两个老人，一辆破车，走两个小时，差不多可以赶到城里，透析四个半小时，傍晚再返回。这条路，他们走了十多年了。

今天不顺，走一半的时候，车胎爆了。大爷有些慌，掏出手机，开始找补胎人的号码。不会存名字，大爷也记不准哪一个是修车的了。大爷连续打了七八个电话，心疼了，人还没找到，电话费去掉几元了。奶奶急了：打什么骨头。不过几里路，推着往前跑吧。

　　大爷推着车，奶奶跟在后面。坐在车上，冻成什么样，才跑了几步，就热起来了。先是大爷脱了衣服，不一会儿，奶奶也出汗了。大爷一看奶奶那个样子，就急了，扛着奶奶，强行坐在车上，连人带车一起推。

　　那个汗啊，流得跟夏天似的。最着急的是，怕时间赶不上。到那里越晚，上机就越晚，下针回家，就看不见天色了。奶奶跺着车板："跑路不会死人的，让我下来。"大爷并不吭气，继续往前推着。奶奶埋怨："再不给我下来跑，坐车上冻到城里就真死了。"

　　大爷一吓，把奶奶放下了地。得逞的奶奶憋住笑，在前面快走着。到底虚弱了，从前不费事的，怎么现在就气喘如牛了？当真人老了没用了。

　　补胎的地方，等着两三个人。大爷坐下喘口气。候着的人搭话：大爷奶奶进城啊？大爷说：嗯，奶奶透析去，我陪着。两三个人忙了，对师傅说：那先帮大爷补上，他们还不知道什么时候能进城呢。晚上还得回头。我们不急，反正快。

　　大爷和奶奶一下子变得无措起来，再三不肯。师傅不由分说地把工具挪了过来。车子又能走了。大爷载着奶奶："你说，这世上，还是好人多吧。"奶奶朝大爷后背贴了贴："嗯。他们真是好人哪！我要再过几年，孙子上了大学，你再找个老伴，就能安心走了。"大爷笑了："咱孙子是争气。等你走了，我也土到脖子了，找个梦啊。"奶奶笑得邪邪的："这会儿说人话了，从前跟那个女人，还不是就差一步了?"大爷堵她的话:"陈芝麻烂谷子提个头呀。我可没有黑了心,不管你。"奶奶继续朝前贴了贴:"你还别说,夫妻还是一线到头的好。你说吧,我们两个,吵过多少趟啦?真算不清了。这到老了吧,还就是老不死的最贴心。"

大爷嘿嘿乐:"就别说我了,我出去做工半个月,那个李老头一天往我家跑三趟。就他那点用心,我能不知道。有病了,还不是我这个家里的老头管用。"奶奶"腾"一下往后坐去:"老不死的,说你不死,真不死啦?李老头不正经往我们家跑,我搭理啦?我要是肯跟人家睡觉,这半个村的男人都是我的!"奶奶气得脸通红。大爷仰脖子大笑:"对了,老太婆,我早怎么没有看出你这等能耐?"

发觉上当的奶奶用拳头在大爷后背捶得空空响。大爷笑得更欢了。

到得医院,太阳已经当空了。大爷把奶奶在床上安顿好,美小护们开心地拥上来,一天隔一天来,大家都成家人了。奶奶开始插上机器,躺在床上,再不能随意走动。大爷取出盒子,分批去微波炉里转动。

四个半小时的时光,前半小时,喂奶奶饭,自己也吃。中途在外室,吸支把烟。有时,困得不行,就睡半个小时。开车注意力要集中的,自己不要紧,奶奶在车上的。大爷很注意保重自己。醒了,时间还有大把,坐到奶奶身边,拖过手脚,剪剪指甲。在家里,一堆的事情要做,这些活就全可以在这里完成了。完了,在奶奶后背按摩按摩。肉越来越少了,后背睡成了板。大爷屏住呼吸,都不敢太用力,生怕一用力,就拍散了奶奶。

这个人，脾气越来越暴，好好按摩吃力还不讨好的。大爷坐在板凳上，嫌够不着，干脆坐在奶奶身后的床上，今天不知道怎么的，一直在咳嗽，一点没有消停。大爷在检查奶奶有没有少穿衣服。对了，那件女儿做的棉背心没有穿来！大爷找着了错处，狠狠地批评着。奇怪，一向嘴硬的奶奶居然没有还口，大爷转过身来一看，奶奶已经睡着了，口水流了很长。

冬天，黑得真快。紧赶慢赶，大爷带着奶奶出医院大门，天还是黑了。大爷清了清嗓子："老太婆，我唱歌给你壮胆？"

乡间的土路上，坑坑洼洼。没有路灯，电瓶车的灯像萤火。两个迟暮的老人，一辆慢得快要熄火的老车，一路向前。大爷在唱："我和你\牵手\不回头。为了你\宁可付出所有\不要看到你\泪流\就这样\一直陪你\朝前走……"荒腔野板，走调万里，不忍卒听。

赵姨父

姨娘和赵姨父是一段政治婚姻。

先说说赵姨父的长相，一棵呀小白杨，长在小村旁。家境殷实，上得高中，村里算是高知了。最好看是一双手，村人多的是耙子般的大手，乌黑遒劲，乡里人讲究的力气大，好干活，搓起绳来，一口唾朝掌心吐去，抄起一把茅草，三下五下，一根长绳，尾巴似的从屁股下面钻出来。姨父却不，他有凡士林，铁盒子里面，有红色的固状油蜡，小心地挑出一点，涂到头上，乌黑的发，油亮起来，对着镜子，打个呼哨，头发三七分开来。再挑一点，在掌心，两只白而细长的大手，对着搓一下，翻过掌心，手背再对着搓一下，手便白而细腻、香而油湿了。

姨娘却生在一个极穷苦的家庭，早早没有了妈妈，就一个老父。姨娘在家常年劳作，晒得黝黑，个子不高，长得且粗壮，颇似村里漫铺的桑树。一年一次砍伐，长叶是它的任务，枝丫歪歪扭扭，从没有留意的。姨父肯找她，是因为她的贫农成分，那时，红得发紫。地主出身的姨父，需要这个。于是，小白杨和桑树并肩，桑树时常眼盯着自己的脚尖，自卑是村里小沟里夏天的水，溢得四处都是。

赵姨父自然不会老实巴交地种田。他有手艺，理发。刚流行开来的烫发工艺呀，赵姨父溜到上海学了一个月，回到家，家门口就排起了长长的队伍。

先把头发洗净，尖头梳子，挑出一小绺，透明纸托在两根手指上，小绺头发放在透明纸上，细软的毛刷，蘸来刺鼻的药水，均匀地涂到头发上，麻利地卷好透明纸，一根小木棒在其间，橡皮筋固定在小木棒的两头，三绕两绕，头发卷成了小卷，固定好在头顶。然后再挑一小绺，等所有头发，都被卷成了小卷，就开始用开水加温了。先把整个头裹上厚厚三层胶制头套，然后，倒出滚开的水，一堆毛巾泡出开水里，一条条地叠放包到头上。真正触目惊心，即使姨父戴着厚胶皮手套，还会觉得烫，时不时用嘴对着吹一下。滚开的毛巾包到了头上，蒸腾的热气直冲房顶，姨父开始给下一个客人卷发。这边的客人等毛巾不热了，再次换上滚开的毛巾，如此几番，便可以了。拆开毛巾、头套、发卷，啊，客人的嘴久久张开忘记合上。像个球毛狗，头上一个个发卷，小麻花一般开了满头。姨父拿出梳子，挑上凡士林，已经有吹风机了，对着头发，三两下拨弄，桑树上便开出了牵牛花，风情妖娆。镜子里的人，看着自己的巨变，真正是吹面不寒杨柳风，只差捧着理发师那张帅脸狂亲了。

于是，理发师姨父有艳遇，便成了理所当然的事。

世上的婚外情，因为触犯旁人，尽管当事的两个人，觉得如何的出水莲花，依然是丑不堪言的。姨父开始夜不归宿，犹嫌不够，直接搬到女人家去住。女人也有家室的，不知道姨父是怎么摆平人家的，每天出了理发店便回女人那里。

姨娘在家带着两个孩子，总以为姨父是生意太忙，来不及着家。后来听说直接住到女人家里了，姨娘便上门讨要说法了。

姨娘回来时，是被众人抬着回来的。姨娘一直闭嘴不谈那天的情形，唯有姨娘的老父亲，坐在女儿病床前整整嚎哭了大半天。姨娘一张脸，肿得眼睛都睁不开，身上的衣服用剪刀剪下来的。姨娘朝着老父的方向："家里还有两只老母猪，就要下仔了，你老帮着看着点。两个孩子，要是他再找个人，命就苦了。我也顾不上这些了。"姨娘想抬手擦掉自己的眼泪，也没够得着，"大的好些，够得着锅够得到灶，就是二子……"

老父突然起身，扬起长条凳，就朝外冲："这个畜生，我跟他拼了……"

就姨父这样的浪子，突然就变了一个人。姨父四十的时候，儿子成了人。没能考上大学，却有满腹诗书。只是儿子没有传得姨父的八面玲珑，颇似姨娘的老实憨厚。莫名被卷入一场官司，要服刑的。姨父一生玩世不恭、潇潇洒洒、投机倒把，儿子的事，是一场秋霜，兜头盖脸朝姨父欺压而来。警车开来的时候，呜呜的声音响彻几里路，姨父突然直直地跪在车前："不要带他走！"

总以为一夜白头，是小说里的事。三毛的老公荷西，三十壮年，落水身亡，三毛五内俱焚，一夜之间白了头。警车自然不会停留，绕开姨父呼啸而去。姨父跪在路中央，任谁拉也不起身……

再见姨父时，头发便花白了。

后来的姨父便收起了所有的玩性。年纪大了，新式的理发店越开越多，花样百出的工艺姨父是跟不上了，倒也清闲，仍开着店。老人们过去聊聊天，听听戏。最多的便是有人过世了，被请到人家理发。那种按风俗，人人都要剃下一缕，算是一种悼念的方式吧。姨父便会带着他的家当，带着姨娘过去，因为会写毛笔字，应需要还会帮着写一下挽联。

晚年的姨父，戴着顶礼帽，仍是小白杨模样，却因那种变故，对家人，对姨娘，对身边的人，更多了体恤与悲悯，反倒看出道骨仙风了。姨父闲谈，颇有些文才，说到唐大才子"不炼金丹不坐禅，不为商贾不耕田。闲来写就青山卖，不使人间造孽钱"，然后哈哈笑："我现在就是这个样的。"姨父指着角落里的家当：最老式的剃刀、梳子，排列井然在旧旧的理发箱里。

慢热的恋爱热到底

我和艳子怂恿琦琦，这个男人，不要了吧。

是经人介绍的。

第一次见面，约在超市。我早早放了琦琦的假。琦琦 19 岁就在我手底下工作了，视她，如己出。

琦琦是个很讨人喜欢的丫头，性格外向，很有男孩的味道。才来时，活泼得像只小鸭，成天呱呱呱，大事小事喜欢汇报。先生乐，有时懒得理她。她就追到先生面前去汇报。有一次突然嘎嘎地朝我笑着奔来了，一路拍着心口吐着舌。看她奔得那么急，问她怎么啦？她上气不接下气："张先生在洗澡。"

我哈哈大笑。喜欢琦琦，她爸妈和我们年纪相仿，她小小年纪出来做事，我们当自己的宝贝呢。

这么一眨眼就要嫁人了。怎么样，怎么样？第二天急着问约会情况。"他带着他爸，我就带我妈！"琦琦大大咧咧地答。我和艳子笑得揉肚子："那让他爸和你妈谈好了！"

男人工种特殊，开一种吊车，需要情绪稳定、睡眠充足、心情舒泰。谈恋爱的人都是六月神鬼天，说翻脸就翻脸的，他爸让男人少跟琦琦联系，但凡要电话要短信的，都是他爸来。这都是什么事儿呀？我们乐。琦琦不在意，有空就接，不耐烦了甩给艳子接。

每逢男人夜班，我们就要问，回来没？琦琦答，没有。他白天要睡觉的。这么远赶回来，夜班受影响。

艳子在琦琦后面恋爱的。可是男友哥哥是一日不见如隔三秋，那个热度，烫手。2月14号是情人节，我在肚子里想，再热不起来的男人，这个节也该浪漫一回了吧？礼物倒是准时到了，人要加班。琦琦觑着张脸，夹在艳子和哥哥中间度过了节日。

也有让琦琦生气的时候。哥哥天天回来看艳子，琦琦终于动气了，勒令男友回来，两对情侣一同吃饭。这次倒开窍了，来了店里，买了一堆吃的东西给琦琦。人高马大的，福相十足，我偷眼看着，很满意。没人封我是丈母娘，自己乐得似捡到宝。

男人老爸是准老人，时代不同了，又在乡下，接触中不经意间惹火了琦琦。原本就是相亲认识的，这次琦琦直接让她妈妈并介绍人出面收拾公公了。这下不妥了。谈恋爱小两口吵架拌嘴都是爱的过程，上升到双方家长就不对头了。我和艳子劈头盖脸地训话琦琦，倒好，比较听话，息事宁人了。

男人还是要紧不要松，该上的班上，没有很紧要的事，不会回来。

电话倒是多了。前提是吃饱了睡足了。

突然有一天，琦琦来上班，搞得跟土豪似的，脖上项链，手上戒指，腕上手镯，又大又闪。这是讯号。只是我犹自不信，这样的两个人，就能结婚啦？

是能结婚了。男人开始安排拍婚纱照。五千元交了，拍着手轻松地汇报。电话这头，琦琦惊叫，我们几个跟着尖叫。疯了。从交往起，一直觉得男人不大方，没想到，五千元报名拍照眼都不眨一下。琦琦叫过之后，明显感动。我突然也有看人走眼的感觉。男人是个妥帖过日子的人，当他决计要和你一生一世过下去的时候，便出手阔绰、义无反顾了。

男人回家变得频繁起来，偶尔还闹着要随艳子小两口出去吃饭。琦琦和男人都是彼此的第一个，琦琦一动就自吹，咱的初吻还在呢。艳子他们就好奇着，这样慢热的两个人，谈恋爱会是什么样子？

这简直不像现在孩子的作为！

某一日，琦琦突然就接到了男方结婚的通知，然后是失里慌张地装修，然后是疯狂大采购。那两个人居然像从前指腹为婚的人，黏黏糊糊起来。

结婚那天，平日里不修边幅的琦琦，摇身成娇羞含怯的小玫瑰，大红的外套、大红头花、大红手套，脸颊是飞起的阵阵云霞。男人还是那样的将军气度宠辱不惊，最抢眼的是西装里面的大红羊毛衫。两人当堂喝新人茶，琦琦一直埋着个头，恍惚间我穿越到了民国初年，烛影摇红间，我的琦琦成了别人的新娘。

　　不到两个月时间，琦琦怀孕了。我的客服岗，开了天窗。随儿艺考，一路奔波中挎着个手提电脑，无比辛苦却又无比欣慰。琦琦的爱情有了结晶，而我的琦琦，我从不需要去担心她的婚后生活。她比任何人都懂知足，比任何人都懂迁就，比任何人都懂妥协。这些，只要男人懂珍惜，幸福会是一生。很多爱情，开始都比琦琦的轰轰烈烈，但善始未必能善终。走向婚姻的爱情，更像一场马拉松，枪一响，跑得跟兔子一样快，把他人远远甩在身后的，一般都不容易夺冠。而那个一直注意保存实力、匀速坚持下来的，能赢。

秃槐枝上玫瑰花

今天说癞四。

癞四霸一方

癞四有没有学名，想不起来了。叫他癞四，是因为他就是地方一霸。放学的路上，癞四早早地横在路中间，画一条线，手一伸，要想过线，必须拿礼来。礼多少不拘，可以是吃的，可以是玩的。能有什么礼？一早从家里带出来的山芋干，原本是当早饭的，并不敢吃了，中午癞四拦下来，得抓给他的。白果，染成了红色、绿色，夹在两脚之间，往前一蹦，白果跳出好远，没有最远，只有更远。更远的，便赢了。赢了的白果，捂在口袋里，宝贝一般的，遇到癞四，也得老实交出。一群孩子，去集体的桑园里挑黄花头，一种开极小黄花的野菜，可以食用的。癞四堵在路口，每个人的篮子掏了个底朝天，才会放行的。

癫四就是个小混混，没人管得了他。父亲死得早，他妈吴二奶奶更是一个惹不得的野蜜蜂。玫瑰生满刺，是保护自己的漂亮，神圣不可侵犯。刺槐丑得离奇，它也长满刺，为的是不停地向别人的领地挺进。癫四在村里，就是人见人怕的主儿，偷鸡摸狗、撬门摸锁、上天入地，没有他不敢犯的事。在 18 岁那年，被关押起来，村里才太平了两年。

抢来的老婆

出来后的癫四，改地方混了。没有回村里，去城里。城里的姑娘，个个赛花朵，癫四隔着几里路儿，都闻得出花香。看中了一个城郊的小丫头。个头不高，皮肤极白。笑起来有两个浅浅的梨涡。癫四看一眼醉一天，走起路来，步子都是飘的。街头的歌唱得癫四心头更痒了：闪耀的灯光，伴我的心儿在歌唱，问声美丽的姑娘，你的心，是否和我一样？音乐陡转直下，癫四仿佛看到美人在怀，全城音乐都在为他奏响！

他不懂表达，直接自行车往姑娘前面一横，一只脚撑在地上：那个，姑娘，我要跟你处对象，你看，这事，成不？一排的小姑娘，吓得集体后退，回过神来的四下逃散。那个被他堵个正着的丫头，直接吓得瘫软地上，放声大哭起来。

癫四一计不成，又生一计。小丫头下班回家，必经一条小桥。癫四是个什么人呀？土匪、恶霸，三九严冬，直接把小丫头往河里一掀。小丫头掉在水里，呼救都叫不出来。

小丫头崩溃了，放声大哭，还没有忘记说话："你拉我上来!"

癞四二话不说，跳进河里，捞起小丫头就往岸上飞。丈母娘一家看到两个冰人破门而入，吓坏了。癞四把老婆往丈母娘怀里一送，纳头就拜。人家父母只听癞四说得有鼻子有眼，只以为是他救了自家的宝贝女儿。老两口只差给癞四下跪，谢他救命之恩。小丫头瑟瑟发抖，直想辩解，畏缩着看看癞四，最终没敢开口。

带你回乡

听说癞四带了婆娘回家，村里人把他家两间丁头府小屋围得水泄不通。是真漂亮。不到二十的年纪，城里的女娃细皮嫩肉，仅一双小手，够让邻里惊叹的了。乡里女孩，会跑步起，就会替家人分担家务，一双手，挑得猪草，挎得竹篮，烧得灶膛，喂得猪粮，长年劳作，一律指骨粗大，短且粗壮。冬天再缺衣少食，一双手红红肿肿，生满冻疮。并不药治的，烂下一块块，流出红红黄黄的脓水。旧棉衣里扯出一团老棉絮，煤油灯上烧成黑灰，掖到红烂处，原先红红黄黄的地方，添了黑色。小女人见一屋子人，吓得低着头，右手躺在左掌心，左手握紧右掌，缠在一起，拿起又放下，两只小手灯光下，绵白透着浅粉。那时村里流行放电影《七仙女下凡》，小女人一双手，直让人觉得要是给她一对长袖，就能舞到云里了。

一个人的生性，不会说改就改的。癞四游手好闲半生，断断不会因为有了美娇娘就务实起来的。癞四陪着老婆在家待了几天，在一个清晨，又窜到外乡了。只留小女人和老娘一起。

癞四的老娘，吴二奶奶，是个古怪的人物。很早没了男人，领着四个儿女，日子艰难，也养了全身的刺，只为防备。老来刺收起来了，很孤独的一个人。待在两间竖着的丁头府草房里，吃用极少的。上面三个孩子各有归宿了，癞四突然带了老婆回家，看不出她有特别高兴的地方。每日来吃一人的饭，睡一人的觉，明哲保身。

女人开始还可以在家里找一些婆婆吃剩下的饭菜，虽然难吃，还能填饱肚子。很快机警的吴二奶奶不再让小女人有找到的机会。小女人饿得直哭。来往的路人听到哭声，开始都不敢停留。看过热闹之后，大家都猜出几分，来路肯定不正。小女人哭了，大家就觉得肯定是受欺负了。后来实在听不过去了，有老人进去看了，才知道，原来是饿了的。后来就有老人隔三岔五地送饭送菜过去，只挑吴二奶奶不在的时候。

不长的时间，小媳妇突然扎了条围裙，拦着老人们不用再给她送吃的来了，她决定自己做烧饼卖了！

小媳妇把丁头府屋子东墙打通，正对路口，弄了个大锅炉。第一天烧饼店开张，就挤了满满的人。做得味道不怎么样，形状总还像了，不影响大家的开心。丁头府房子在两个村子的中间，原先像是孤岛。这下，小媳妇的烧饼店成了村人最有趣的去处。很多时候，不买烧饼，也会溜去看看。不长的时间,屋子外面又多了个大酒缸。小媳妇做得一手好甜米酒,两个村子的人常提着个壶子,打酒回家喝。

有些时日了,大家就看出小媳妇的变化了,变得敢大声说话了,肯主动和村人搭话。从前清瘦娇小的身板,粗了起来,原来是怀上孩子了。

"不敢再等下去了。总不能饿死孩子。"小媳妇说着眼圈就红了。吴二奶奶也被伺候下来了。先是吃烧饼。小媳妇出炉的第一个烧饼一定是孝敬她老人家的。后来是甜米酒。每天先帮婆婆酒碗里添满。吴二奶奶原本古怪,后来多出一个怪习惯:酒泡烧饼。

从前爱听说书,不管哪样的匪盗强人,不管多么地凶神恶煞、恶贯满盈、十恶不赦的,但凡有了家眷,就好比捆住了手脚踩住了翅膀。

女人很快生下了一个女儿。癞四还在外面漂着,得了信赶回家时,孩子已经落地了。当地的风俗,用癞四的衬衣裹着的。癞四看着自己衬衣里面奇怪的小动物时,内心最深处的一根弦被拨响了。那样一个柔软至极的小东西,和自己有着一样的眉眼,最爱一双眉毛,茸茸软软,似乎透明的。癞四哈哈大笑:怎么一个白眉毛的小老太!放犷的笑声吓得小人放声大哭。

幸福在你左右

小人儿出生,直接拽了癞四远行的脚步。癞四开始留在家里。吴二奶奶很快过世了。小媳妇成了指挥,领着癞四过日子。二女儿又来到了人世。令村人惊喜的是，癞四不再像从前土匪一般了，村里人开始按他的辈分，唤他四爷。

多出两个孩子两张吃饭的嘴，四爷开始寻思发财的路。领着一家四口去了东北，帮人家做油漆活，居然很挣钱。不到十年的工夫，盆满钵满，转回老家，盖了大房。一双女儿，秃槐枝上两朵玫瑰花，十多年的工夫，已经最是一年春好处，绝胜烟柳满皇都了。那个从前弱柳扶风的女人，现在风韵犹存，是经年窖藏的女儿红，处处透着芬芳和醇香。

回老家，又见四爷。四下邻里，红白喜事，四爷帮着张罗里外，自己有辆车，可以替主家迎来送往。

那日，一辆车堵在半路，颇有滋事的意思。四爷从人群里钻出来，手一挥，一大帮男人生生把车推到了路边。车主挑衅着走来，四爷并不动弹，站在人群里等着车主发难，边上人笑"癞四头上动土了"。

人群中的四爷，矮矮个头，板寸头，早年划下的疤痕，赫赫在脸上。不知什么原因，车主见了他，往后退了几步，一句话没有扔下，掉头便走了。

骨子里的匪气还在，但轻易不会动手了。这个世上，两个女儿是他最可珍惜的。人一旦有了顾忌，敬畏与隐忍，耿直和正义，就成了生存的必选。

年少时自当韶华倾负

哥哥和艳子是琦琦介绍的。

那天琦琦扬着声跟我招呼："瑛姐，带艳子去相亲了。"

这么老土的方式。琦琦挤眼："混我哥饭吃的。我跟艳子穷死了。"

哥哥是琦琦姨妈家的。27 岁。两个奶声奶气的女娃出现在他老人家面前时，差点让艳子唤他叔。

叔也无所谓，先骗完饭再说。

两个女娃逮着哥哥，左点右点，艳子就是个吃货，说到那个牛蛙，木头人都能说出口水来。艳子向我汇报："瑛姐，吃得我们俩扶着个肚子站在半路。"

人以群分。我坦白，我就比较不淑女。和老公初识时，他带我回家，我那个开心呀，一路蹦蹦跳跳地在他前后左右，饭店里陈列菜的地方，够不到跳起来指着要。饭店老板娘正好是先生家的大嫂，大嫂说："三儿，你这大晚上的，把女学生带到哪儿?"先生当下脸红到脖子，我故意猴到先生身上："我就是喜欢老师。"大嫂心脏不好，差点当场歇了。

就这样一个混世魔女，哥哥甩脸给琦琦："你确定，你介绍的这个成年了？"哥哥很想大骂琦琦一顿，可是心底深处的那根弦，明显被拨动了。多么可爱的娃，分明是骗吃。大大的眼镜框遮掉了半边脸，埋头在一大堆吃物里，完了还会把左右手指放嘴里嘬一下。哥哥不淡定了。哥哥试着发了短信过去："那啥，什么时间再带你们出来吃饭？"

那边一秒就欢呼起来了：耶！哥哥万岁。呜啊喵喵。

哥哥愣了："呜啊喵喵，是……"

电话这头的两个小妮子乐了。碰碰屁股扭扭腰，两张臭嘴空中对接："呜啊喵喵！"

哥哥可是个男人，一颗老心，扑通乱跳。

哥哥把自己连人带家当全交给了艳子。认识不过一周，可怜的哥哥什么卡都上交了。琦琦叹："英勇神明的男人从此倒下。"艳子扬扬得意，奶声说着："今天哥哥给我钱买吃的了。"说话间，排出一把硬币。年轻的爱情，真好。我化作浮云，你就是蓝天，哥哥一把硬币把艳子哄得团团转。艳子好久才发觉上当："啊，哥哥把卡全交给我，我怎么反而不敢花钱啦？"

那个向来大手大脚的妞儿，突然变了一个人。吃货、杯子控、美衣控，突然变了一个人，发的工资，第一次有了打算，居然替哥哥还起房贷了。哥哥更恶心，看中一盆五元钱的花，左请示右汇报，直等老婆批条才敢往家搬。琦琦当下不客气地做了个吐舌呕吐的动作，我们大笑着，闭眼拒绝看他们。

哥哥发烧到二百度以上，远远超过了开水的沸点。上夜班，白天要睡觉。艳子在上班呀，我们店里挤得脚都塞不进。哥哥不愿意回家睡，用一排纸箱子，垫在我们里面的一个小房间里，天天就睡在那里，偶尔有一天我收拾里面的小房间，艳子惊呼："别动哥哥的窝！"

世上的爱，无不是周瑜打黄盖，一个愿打，一个愿挨。艳子那个脾气呀，说翻脸就打雷的。手机一关，赤着张脸坐那边客服。替哥哥捏着把汗，可怜的哥哥，四十里路，飞一般地赶到。鞠躬、作揖、赔尽笑脸，自己拿个搓衣板扬着，艳子绷着的脸，一个不留意，扑哧笑出了声。再几分钟黏糊，艳子舌头又伸不直了："哥哥！"哥哥谄媚地应着，雨还没过，天就放晴了。

我正在电脑前忙着。嗒。一张传来的照片。啊！夸张喜气的格格装。艳子笑成一朵小花："瑛姐，好看不？哥哥来迎亲时，我就穿这个。"

肯定好看。咱们家艳子，性格特别讨喜，实在是闭花羞月，还没过门，公公婆婆被哄得团团转。"瑛姐，我们的开场白都设计好了。哥哥唱着歌，慢慢走向我。电子屏上是我们的婚纱照。"说的是婚礼。春节过来，艳子的中心工作，就是婚礼准备。买车，装修新房，买家具、家电，装窗帘，订制喜糖，拍婚纱照。男女双方没有推诿，没有算计，没有倾轧，有的只是齐心合力。

很多时候，婚礼的劳师动众煞费苦心，可以在日后清淡如水的婚姻里，时时回头舔舐那份甜蜜和美好。

同城刘老师的诗最爱读。"不管对谁，都没说过/说是秘密/也没啥稀罕/就是我与老婆/哄家里人，去上海旅游结婚/然后，没去上海/只是在县城的国营黄海旅店/住了一夜。"

说的是陈年的往事。诗人和老婆，牵手就是天堂，说是旅游结婚，其实就是在小城附近停留了几天，回家的路上，还替挑粪的老父挑了几担，老婆放了两挂鞭炮婚就算结了。直白的诗句，简单的婚礼，爱却丝毫不打折。

年少时自当韶华倾负。每一段两情相悦的爱情，都是最牢固的琼楼玉宇，盛得下一拍即合的现在，挡得住雷电雨雪的将来。

韭菜滋味长

女人是男人换来的。

用什么换的呢？青春，和荣誉。英俊，和健康。

男人是个军人。退伍的路上，一艘装棉花的船，着了火，几分钟的时间，成了火海。男人跳进船里，抵死扑火，火海救下了，却被烧得面目全非。

当他再次睁开眼时，连自己也不敢对镜中人相认了。组织上很是表彰了一番，然后问英雄，有没有什么困难需要组织上解决的。男人用自己也不敢辨认的声音说，请组织上分给我一个妻子，我需要一个家。

女人过来了。风光的婚礼，还有一份小镇的工作。年少的我，钻在人堆里看热闹，新娘高挑且漂亮，烫着波浪的发。男人，脸上没有一块平整着，嘴唇上翻着，耳朵那里，就只留了小孔。婚礼闹得正欢，两人被拉着一起敬酒的当儿，有泪从女人面庞上，潸然而下。闹着的人群，一下子静了下来。后来很少有人说话。

　　女人家里却惶恐，觉得男人是命中的贵人。三天后回门，丈母娘搓着补丁摞着补丁的围腰，只在说："这可怎么好？这可怎么好？家里一样吃的没有。"

　　男人拿着小钩刀，就到了屋子东头的韭菜地："妈，我们爱吃韭菜。"

　　男人蹲下身子，一把一把地割韭菜，又返身到灶膛前，弄来一堆一堆的炉灰，均匀细致地撒在刚割过的韭菜地上。女人看着男人娴熟的身影，眼底的坚冰在一点一点地融化。

　　洗韭菜，在小河边。男人捧着韭菜，又回身拿了把大锹。女人家，都是姐妹。河边的码头，年久失修，泥泞又陡滑。男人用大锹平着码头的土，又从檐下抠来碎砖点点滴滴地铺着。丈母娘的迎风眼，一有风便泪不停，看着男人忙碌的身影，丈母娘泪又来了："孩子，你先歇着，那个也不急在一时的。"

　　男人埋下的身子，魁梧伟岸，女人看着他，眼里恍然又有了泪意。码头很快有了模样，男人蹲下身子，清洗韭菜，撩一把河水到对岸："在那桃花盛开的地方……"嘹亮的歌声，惊飞了芦苇丛中的野鸭，男人哈哈大笑。

　　回到灶边时，男人一把点燃了柴火，又忙到灶上翻炒，女人说："我来烧火吧。"

　　这是新婚以来女人跟男人说的第一句话。男人一愣，站在灶上忘了拿铲子，韭菜在锅里快成黑的了，女人嗔怪着："傻傻地做什么呀。炒个韭菜都不会。"

那一对老实巴交的爸爸妈妈，在屋外偷看，这下子可乐了，丈母娘又流泪了："这下好！这下好！"

再回自己的新家时，女人已经不似来时的愁云惨淡了，往男人车后座一跳，就朝着爸妈挥手："回吧！我过几天再来看二老！"

还是会有不开心的时候。比如，她会避免正面看他。非要面对的时候，都选择黑暗。他想过让她面对，可是想想还是作罢。她能接受他，已经很不错了。何况，当时，自己要求组织上分一个老婆给他时，他并没有想过爱情。对他这样的烧伤的人来说，那是一个奢侈的词。可是，当她站在红烛下，作为他的新娘出现的刹那，他暗暗发誓，自己会永远爱她，不管贫病还是富贵，不管潦倒还是平步青云，他都会爱她到永久。

儿子如期而至，满月酒比当年的婚礼还要热闹，第一道上的菜居然是韭菜。男人抱着儿子，怕吓到小人儿，捂着大大的口罩，开心却掩不住："愿大家的日子都幸福久长，愿儿的前程也是幸福久长。"

众人哄笑起来，韭菜从来难登酒席的，只有她在一边含笑，别人哪里知道，她和他走近，恰恰是因为一畦韭菜呀。她心底的一些枝枝梢梢便被摇曳生香的韭菜叶捆束了起来。过日子，一菜一蔬的妥帖最重要，韭菜未必不是给她上的最有效的婚姻的课程。

女人的变化，是在孩子七八岁时。首先发现的是女人的母亲。母亲尾随在女人身后，在女人推开别人家大门的刹那，把女人拖进黑幕中。母亲死死地求着："丫头，我知道你心里憋屈，可人家对我们家有恩，当年，不是那笔聘礼，你爸可就活不了命了。你自己那份工作，日晒不到，雨淋不着。丫头，我们做人不能忘本呀。"

女人一言不吭，泪唰唰下，逼急了，女人朝着妈妈嚷："你就知道报恩报恩！我能做的都做了！儿子都替他生了！还要我怎样？妈，你懂不懂什么叫爱情？报恩不是爱情！我是活生生的女人，我要是的爱，一份可以在光天化日下面对的爱情！"

女人捂着脸消失在黑幕里。丈母娘跌坐在乱草中，想想，又深一脚浅一脚在往男人那里赶，男人正闷着头喝酒："妈，你什么也不要说，我只想当面把她交给他，我只有一个要求，让他好好待她！"

丈母娘的泪又迎风了，不住地撩起衣角擦眼泪："我把她给找回来。你不要急坏身子。"七岁的外孙一见外婆，嗓门就像锣敲："我要妈妈呀！"

外婆搂着小人儿，哭成一团。

就在大家手忙脚乱的时候，几天后她却回来了。

回到家的她，俨然变了一个人，常常发呆，东西拿在手里，还会不停地找。

男人辞去了镇上的工作，带着女人搬回了村子。四五亩田，种着清一色的韭菜，颇有些一望无际的样子。女人顶着菜花黄的头巾，在韭菜地里，割了长，长了割，似乎她只记得这一样事了。最难过的是冬天，女人仍然单衣薄衫，冰天雪地里刨着韭菜地，嘴里嚷嚷着，不割就不长呀，可得紧着点割。男人便拿着大衣，追着后面哄着穿，完了两人一起刨里面的韭菜根，女人会突然停住手上的动作，摸摸他变形的耳孔："有钱了，就带你去整容。"

他便会咧嘴笑："都这把年纪了，不怕丑了。"

她突然敢端详他了，盯着他烫伤的地方，手轻轻地抚触："还疼吗？"

最疼的是那个夜晚了。他喝得酩酊大醉。他想亲手把自己的妻子交给那个男人，他要那个男人，爱妻子胜过自己，他没有走到那人的家门口，醉酒中，他摸错了门。我正在做作业，我家是村里唯一的小楼房，说是楼房，其实就是两层砖屋垒成的，中间多了层楼板。他轻轻地敲着我的玻璃窗，我正聚精会神地写字，一抬眼，那样一张畸形的脸贴在玻璃上，我扔掉笔，没命地大喊大叫，可就是迈不开步。等妈妈从楼上赶下来时，门外已经聚起了一大堆人。他酒醒了，朝着邻居们又是作揖又是打躬。

他面目的可怖，也是那一瞬间，才让他有了最清醒的认识。他对着夜幕叫着："放你们走！你跟他走吧！只要你幸福！"

插进来的男人，自己从小镇上消失得干净彻底，就像从没来过一样。

他摸着被她抚过的地方，开心得似个孩童："不疼，不疼，一点也不疼。"

人生如韭菜，一茬一茬地割过再长，几次反复，也到了头。眨眼，他和她都已白发爬上头了。儿子带着女朋友回家。女朋友见了男人，啊尖叫出声，等回过神来时，已经掩饰不住了。照例第一道菜是炒韭菜。已经不用土灶了，她洗，切好了，唤他炒。大热的天，他快乐地在厨房和堂屋里穿梭，她时不时用衣角替他擦汗，满脸慈爱。

女朋友正在看手机新闻，正说着重庆的爱情天梯，女朋友扬声唤儿子："快来快来，觉得你爸你妈就像他们!"

男人凑过头来看，眼睛明显不好使了，重庆的爱情天梯，是在山上，一级一级铺排而成。他们的天梯，却在女人的心上，一铺三十年，所幸的是，他沿着岁月的阶梯，一级一级地走到了她的心田。

家中一台电视，老得要掉牙了，播放着："芹菜的个韭菜韭菜栽两行，栽起芹菜情意重哟，栽起的个韭菜韭菜夫妻长……"男人腰间扎着个围裙，甩着水袖，女人眼不错珠地盯着他。厨房里响起女朋友的声音："看你，韭菜都能炒煳!"

男人碰了女人一下，仰头，哈哈大笑。

白雪公主的小媳妇生涯

童话故事里，公主和王子从此过上了幸福的日子。说的是公主和王子牵手结婚了，从此过上了如花似玉的婚姻生活。

今天说三姨家的媳妇。先介绍一下我家的三姨。说三姨，就要说到小姨。小姨身高一米五，我的身高就传自小姨，体重某个时期近我的两倍。这样，就可以想象小姨的模样，用加菲的话说：球形也是一种身材。三姨比小姨略高些，胖瘦程度相差不大。三姨家孙子，几个月大时，能够准确地投到三姨怀抱，三姨笑得如扔炸弹："外人都分不清我们姊妹的，你个小东西还真神！"

下面说白雪公主。三姨家一儿一女，丫头是个哑巴，于是政策允许，生下二子。白雪公主是二子老婆，我给取的名。二子到了婚娶的年龄，便找了爱琴。爱琴小二子五岁。婚姻中，女人岁数一小，男人自是百般呵护，直当眼珠子去疼的。三姨老江湖，还能不懂这个？公主再白雪，还是我门上的小媳妇。三姨做婆，胜活佛，就我那大字识不了几个的三姨，玩转白雪公主。

三姨家养羊，蔚为壮观。冬月，最来钱了。随便按倒一头，钞票哗哗地流进。姐姐要用羊肉，让三姨杀了一头。三姨一边做事一边说话，姐姐生气了，不就是杀头羊嘛，哪有那么多话？当下回家，三姨悔得肠子都青了。爱琴到我这里收垃圾，爱琴问我："姐，大姐姐没有生妈妈的气吧？"我和稀泥："大姐姐哪能生姨娘的气？都是三姨小姨抱大的人。"爱琴嘴一撇："嗯。姐姐也应该不生气了。要是我，还不气死？我难得一天不被妈妈骂！"

啊！三姨境界高了。爱琴初嫁来，妈妈妈妈叫不停。三姨乐得合不拢嘴。自己的女儿没个嘴，媳妇倒贴心。爱琴是养父带大的，养父靠收废品为生，养母不甘清贫，早早分手。都以为这样的孩子，容易有问题。爱琴却不，一张小嘴喜坏人。嫁来不久，生下个大胖小子。三姨靠近城郊，常将田地里的东西拖到街上去卖，小生意人，小算盘啪啪响。不分家，做牛做马侍候大孩子小孩子，还不落好。分开来，亲父子明算账，帮衬他们就是情分，这么一想，老两口早早搬到老宅，新房子留给他们一家三口。

三姨做婆婆，替她愁死了。小友写文，说是豆腐心，必有一张刀子嘴。三姨这张嘴，活脱脱一把锋利的小泉剪，逮谁都要修理一番的。爱琴特别可爱："妈妈谁都敢骂，连爸爸都骂的。只有小姨丈她不敢。"

都是什么事呢？嫌媳妇做事不利索。爱琴说："姐，我做事都带跑的。就这样，妈妈还骂。"爱琴一边说，一边四下找梳子，梳通了头发，捧起，扎了个马尾在脑后，梳子直接往嘴里一衔："一早，送好宝宝，赶着去爸爸那里帮忙了。今天没骂。头留着到姐姐这里梳了，要是在家梳，妈妈又得说了，梳个头都要这么长时间，做事摸作得凶。"

我家三姨，真正福到天了，现在还有个媳妇给她修理！小姨家杀猪，三姨家帮忙，猪血猪头不要钱，三姨父拿到菜场去卖。三姨年纪大了，手脚慢，就差爱琴在爸爸后面听用。我乐："睬她什么呀。忙成这个样子，好好饭都吃不上。"爱琴比我小太多，自己还只是个孩子呢，我心疼。爱琴倒不在意："姐，不睬妈妈，妈妈就哭。"

啊，原来有撒手锏的。二子在一边帮腔，爱琴逛街，看到一顶帽子，漂亮又便宜，直接买回家送给了小姨。三姨吃醋，直接闹着也要一顶。爱琴忙着上街，人家没货了，重选了一款，贵多了，买到家三姨不要了，直接骂："钱不当钱，瞎花！不当家不知柴米贵，不晓得钱难来呀。"骂完了直接哭。

二子找了几份工作都不如意。老丈人押着跟他后面学收废品，倒真来钱快，二子渐渐做得上路了，就是家里乱得不行。二子生的又是儿子。我去小姨家时，小姨叫二子一家陪饭，小姨父批评："我家二子，把个家作得，要学会收拾。"小姨一直烂好人，生怕得罪了姨侄，捂着小姨父的嘴，不许说。我放在心上，今天二子来替我打扫，趁机跟他说："二子，姐姐有硬性任务的，其实人就是观念，姐知道你们两个带孩子，非常辛苦，但家里一定要收拾干净。不要一尘不染，至少要相对清爽。观念到了，再忙再累，都能收拾好的。"二子一听，把爱琴往我身前一推："快来快来，听姐姐训话。"爱琴倒也乖巧，找张板凳，坐下听姐说话。我乐了，还有这么配合的？爱琴也笑："嗯。习惯了，二子常把我当挡箭牌的。只要妈妈一骂，他就拖我过去了。"

我倒是听出来了。三姨鬼精，读懂媳妇顺从背后的深爱，倚仗着自己也有源源的爱捧出，与媳妇相处，倒能胡搅蛮缠。"宝宝发热，妈妈给一百元钱。说是买些东西给宝宝补补，也贴补我们一些药费。还是妈妈好啊。我把一百元放进口袋。路边有人叫着，卖大米。米好，价格又不高，反正要吃，我就把人家喊下来买了。买得多，妈妈又掏了二百元。我也拿了二百元。然后二子到家，我忙着告诉二子，我和妈妈共同买了这么多米。我在比画。妈妈一听，又气哭了，说我们这一家人没法帮了，由着我们去呆吧。"爱琴告诉我，"我告诉二子时，是这样说的，妈妈出了一半钱，我出了一半钱。结果妈妈就气了。"我听得一头雾水。啊，有漏洞。哈哈，原来四百元米，事实上三姨出的三百元钱，关键是，米，她一粒也没要，全放在新家里。难怪说爱琴呆得没法对话了。

但凡是女人，碰到一起，就会说到婆媳相处。我倒发现，我家爱琴可以当80后、90后小媳妇的范本，过年刚好24。

没有一场艳遇可以修成正果

他差五百块钱。快疯了。

想着去做苦力挣。还有一个星期,女儿的婚礼就到了。他这个爸,当得太窝囊。一直养尊处优,他还真想不起来去哪儿可以挣到这五百块钱。女儿就一个,五百元,实在拿不出手,平时同事之间闹着吃了玩,都要两三百了。只是他现在有什么办法呢。

对了,还得想办法找苦力。三轮车不行,他连车子都没有的。擦皮鞋?更不成。小城不大,总共没有一两个人擦。真拎着个桶子追着行人走,磨不开这个脸。对了,物流公司需要人上下货。他打定主意往物流公司跑。正是装卸货高峰期。两个敦实的男人,戴顶小红帽,手里一根布绳,眼前两个大纸箱,麻溜着一捆,上了肩。他朝着自己的将军肚看看,只字不提,悄然离开了。

只能死抠了。工资全上交,福利奖金一律不经自己手的。只能从牙缝里抠。隔壁办公室小李家儿子满月。原本走得不近,他盘算着,谎称吃饭，跟丽丽要钱，有了二百元垫底，那五百元就好办了。还没想好怎么开口，丽丽指着柜门里的一堆礼品盒说："那里有礼品，带过去就得了，还省下礼钱呢。"

他悻悻地离开了家，走进门口小超市，把香烟递给了营业员："帮着换个牌子的，这个，吃不惯。"营业员朝他看了几眼，帮他换了，差价一百三递到他手里。他心虚地四下张望。戒烟一下子还不可能，只怕以后会越抽越差了。一百三十元放哪儿，都是个问题。衣服丽丽会洗的，不靠谱。家里更不安全，不只丽丽有可能翻到，儿子正学会走路，摇摇晃晃的，走哪儿翻哪儿。他想了想，把一百三放到了鞋垫的下面。还好就三张，不算硌人。

他早早地回到了家。丽丽正洗好澡出来。儿子一人站在沙发前正玩得开心呢。他一把举起儿子，这把年纪了，这场艳遇，儿子算他最大的收获。丽丽坐在电视前，他讨好地站到身后替她捏着。儿子被外婆抱到外的房间去了。他心下一动，手里开始不安分起来。几下揉捏，丽丽快软瘫成一根面条了，挂在他脖子上，口齿不清地唤着老公。

趁着丽丽开心的时刻，他壮着胆说："有点事差点钱，老婆大人可不可以……"他故意坏坏地笑着。丽丽这下清醒了，并不说话，只是转过了脸去。

想到女儿，他心脏紧缩了一下。女儿自打他离婚搬出后，就变了个人。冷漠得让人快认不出来了。上了个三流学校，早早恋爱。还没毕业，就怀上了孩子。自己还是个孩子，却因为有了孩子，不得不结婚了。他真想抽自己一个嘴巴。自己这个样子，想批评女儿几句，都没有立场。

他实在没有办法可以想了，第二天就去了单位财务李姐那儿。李姐一见他就嚷着："呀，怎么瘦啦？"他自嘲着："现在不都流行瘦身嘛。"李姐说："你是忙人，找我肯定有事。"他决定不兜圈子了，说女儿要结婚了，跟李姐先预支五百元钱。李姐手中的杯子惊得差点掉下地。李姐家是儿子，跟他女儿一般大。当年两家常开玩笑，以后就做亲家了。李姐家儿子刚去美国读书，这里他家女儿都结婚了。他苦笑："不提了。折腾什么都不能折腾婚姻。丫头算是被我毁了。我其实太自私。当年奔着幸福而去的，其实我是把个人的幸福，建立在她们娘儿俩的痛苦之上。"

他跟李姐很熟了，不知怎么地，今天就愿意跟她说心里话。李姐红了眼圈，从自己的钱包里拿出两千元出来："你这个当爸的，五百亏你开得了口。这是我私人的。放心拿着。"

他反倒失了言语。李姐没再挽留他。李姐替那个含苞的小花惋惜得紧。结婚生子原本都是值得祝福的事，只是如这般草草了事的，真对不起那个女儿。

婚礼的那天，他并没有告诉丽丽。他想早一点去女儿身边，看着她换装，看着她走向婚车。他还没想好，怎么迈进从前那个家。

从前的家，再熟悉不过了。只是再踏上楼道时，还是百感交集。家在四楼，要爬一气的。他刚要上楼，突然一个人影冒了出来。是前妻。变化不是太大，只是眉眼里多出几分冷峻。前妻目不斜视地递给他一个信封："里面是二十万元。女儿对你有成见。知道你现在有难处，这是替你准备的。有了这个，女儿会觉得你没有扔下她不管。"

婚车就在楼下候着。女儿的肚子已经微微能看出来了。他抱着女儿一步一步走下楼道，女儿开始不肯要他抱，他用强有力的手一把就把女儿横抱了起来，女儿像块石头僵直在他手心。他一步一步往下跑，到底上了年纪，最近心情又差，刚到三楼，他就开始了微喘，有汗往下流。女儿突然一把搂住了他的脖子，唤了声"爸"，就埋在他脖子里，再也不出声了。他的泪也下来了，流了满面。自从认识丽丽后，女儿和他僵持着，有五年不叫他爸爸了。

新郎长得实在不敢恭维。女儿配他，实在委屈了。现在说什么都没有意义了。他把女儿交到新郎手里，只说一定要照顾好我的宝贝呀。

这是他用得最煽情的称呼了。虽然一直疼着女儿，但总防着她不成人，爱总是放在心底最深处。可是这一刻，他明白了，女儿再也不属于他了，女儿从此就要被另一个男人领走了，是好是坏都得一起生活了。这会儿他多么愿意，女儿再回儿时，任他心肝宝贝地唤着，任他拥抱亲吻。可是都已经不可能了。

婚礼热闹风光，所有程序一应俱全。到新娘新郎答谢父母了。他朝前妻看了一眼，他想给女儿一个最美丽的记忆，他像世上所有的爸爸一样，牵着前妻的手，走上了主席台。就在这一瞬间，他看到了丽丽，牵着儿子，远远地看着他。他一时间就全乱了。底下的仪式，他有如木偶，任礼仪人员牵着走。

"君生我未生，我生君已老。恨不生同时，日日与君好"。初识时的丽丽，小子般的短发，攀上他的肩，柔声唱着，摇着晃着，他的一把骨头恨不能酥软到她的歌声里。最喜欢美食了。小城里的角角落落，恨不能都被她拽着吃遍了。只比女儿大八岁的丽丽，野蛮又可爱，骄横又风情。可是真正一起过日子，有多少生命中不能承受之平淡呀。他觉得亏欠女儿和前妻的，净身出来的，这之后，便微妙了起来。这场情里，他成了一个乞儿。丽丽成了高高在上的放债主。而他因为有过这场艳遇，丽丽严防死守。这个世上什么都缺，唯独不缺美人儿，没有最年轻，只有更年轻，保不准什么时候自己的位置又被他人挪去了。丽丽的高论下，他成了婚囚。

女儿的婚礼上，他狠命地喝。喝得是真多了。夜很深了，他跌跌撞撞走出小饭馆，在大街上飞奔了起来。泪水狂流，他的脚步不辍。跑着跑着，他累得瘫倒在地。他认出来了。

这是他从前的家。四楼的窗户里，还有柔和的灯光亮着。他倒在楼下的地上，怎么也爬不起来。

那个木枣曾掉进土里

　　桂花是有姓的，但没有人记得。人人叫她："桂花，来碗炒饭！""桂花，来份杂鱼！""桂花，辣椒多多地放！"

　　桂花白天是不太愿意做生意的，来钱的，是晚上。一帮男人，过路，车子停下，呼啦啦坐下，还没喝酒，先醉了。舌头打着卷儿："桂花，上菜！老规矩，再来点酒！"一群人，三杯两盏，便东倒西歪了，扯着桂花，不清不楚地："来来来，陪上一杯。"桂花倒也爽快："不就是酒吗？陪你便是！"

　　桂花起身，笑吟吟地叠起钞票，插进斜襟的上衣，往那人走去。男人花了钱的，粗声大嗓神气十足："今天累了一天，替我捏一把？"桂花尖起十指，在男人后背拿拿捏捏，完了用劲掐上一把，乐得男人直颠："真是神仙的日子呀，桂花，哥几个就认你们家了！别的地方，不去！"

　　男人说着话，瘫到了桌底下。桂花笑嘻嘻地朝另一个房间走去。

另一个房里，是妹妹小菊在顶着。小菊到底年幼，桂花怕她一人招架不来，吃到大亏。果真，小菊被一个客人，抵在墙角。那个客人，黑且高胖，一手揪着小菊的长发，一手拿着酒杯往小菊的嘴里灌。小菊哽咽着求饶，男人得意地加大手上的力道，来不及咽下的酒液从小菊嘴角流下。边上的客人起哄得更厉害了。

桂花拨开客人，拿过酒瓶，仰起脖，对着嘴直灌下去。黑胖男人急了，又开一瓶，往桌上重重一磕，满瓶的酒泼洒了出来。桂花并不朝男人看，拿起酒瓶继续朝嗓子里灌。四周静极了，只听酒液在桂花嗓眼里咕咚咕咚往下，往下。

最后一口了，桂花瓶底朝下，对着男人，挨个晃过去，男人响起一片掌声。桂花走了出去。

桂花对着洗手间的镜子，手指朝嗓眼逼去，刚才吃下的菜，喝下的酒，稀里哗啦地从来的方向，原路喷出。桂花把水龙头开到最大，自来水和着泪水，汩汩而下。小菊默默地递过纸巾，轻声说："姐，要不，咱们不做啦？"桂花擦干泪水，从小菊身边直直地走过。

重回到包间的桂花，恢复了巧笑嫣然。

对桂花这样的人，太熟了。对她，不作评价。看红楼，觉得桂花就是那个长袖善舞的尤三姐。她就是男人的宠。她来自乡村，母亲死得早，她和妹妹被父亲拉扯长大。她对钱的追求，到了直白的地步。已是婚嫁的年龄了，只字不提。也是，什么样的男人，才有那么厚的票票，垫起她的幸福和开心。桂花，也从不掩饰自己对男人的评估，优秀与否，直接由人民币厚度决定的。至于找一个男人嫁了，只要一想，她就会发疯。她不能想象，这个世上，那么多男人的钱，从此她就不能染指了。父亲老了，变成了酒鬼，分不清她和妹妹。只有在他接过钞票时，才使劲地睁开那双醉眼，唤一声："花呀。"

我们单位来了个书生，唯一的本科生。木讷寡言，未曾开口脸先红，都拿他开心："书生，有对象了没？书生，帮您介绍女孩子呀。"

书生总被调侃，有一天壮着胆回了句："好啊，说话算话！"对面大姐当真了："桂花！"办公室里哄堂大笑。

不过是句玩笑，却改变了桂花的一生。书生长这么大，都没单独跟女孩说过话。看过桂花一眼，中分的长发，墨绿的长裙，浅灰的小木兰。书生一时忘记了说话。书生央大姐去跟桂花提亲时，桂花的嘴，惊得久久合不上。

书生的爱，六月的骄阳，炽烈却明净。下班的时间，全泡在桂花那里了。书生一遍一遍地描摹着见到桂花第一次时的心动，桂花不屑，却又不舍。桂花实在没有办法在书生的眼皮底下，跟那些男人秋波频送，也没有办法在书生热烈的目光下，和任何一个男人打情骂俏。书生的眼眸，就是一泓清泉，可以见到溪底泊着的石，热烈大胆，明净清纯，也将桂花席卷而进，生生淹没。

桂花关了那个闻名遐迩的饭店，决绝断然。桂花嫁给了书生，穿最朴素的衣，长袖白衬衣，米色长裤，长发盘在脑后。小区门口开了个报亭，生意并不好。行人三三两两。桂花女儿抱在手上，有客招呼，没客看书。路过的人，都叹，那个小人儿，活脱脱一个小书生。

书生到底不凡，后来一路读研读博，去了首都工作。书生一路青云，什么都在换，唯有桂花不换。前日去故地，撤并得面目全非，桂花的小饭店的位置，一条平坦的大路直直盖过，当年的繁盛丝毫没有了影儿。和旧邻拉呱，说起桂花，竟都是无尽的赞赏。那样的一个女人，收起自己的从前，贤淑得让人刮目相看。

桂花的爱情，让我颇生感慨。想起儿时村里一棵枣树，参天着，长满了刺。会有风来，便有木枣从树上落下，落进土里，却不妨碍我们的喜欢，抢着捡起，并不清洗，只在衣角一擦，往嘴里一塞，不大的工夫，枣核从嘴角吐出。事实上，那个木枣掉进土里，醇香甘甜丝毫不改。对于枣儿，那个弯腰捡起它的人，是生命中最珍贵的相遇。而对于那个能够弯下腰儿的人，是捡起一份天赐厚礼。

浅秋梨慕

　　去菜场，车未停稳，有人唤我的乳名。小城里知道我名儿的人不多了。四下张望。"不认识我啦？我是小萍姑姑！"

　　惊奇掠过我的脸庞，只一瞬间，我试图恢复常态。小萍姑姑不顾我的瞬息万变，直往我的小车篮里拾梨子："自家长的，正好遇上，再不吃，就没了！最后一批了！"黑，且矮胖。我无法把眼前的这个农妇，跟我千娇百媚的小萍姑姑联系到一起，可是她微跛的腿，提醒我，千真万确，她是我的小萍姑姑。

　　姑姑与我其实并无血缘，一个村庄，打断骨还连着筋，称呼不是叔就是姑，不是爷就是婶。小萍姑姑遇上了一段天上的姻缘。男的长得高帅不提，还有一份铁饭碗。最重要的是，痴情得厉害。一辆新自行车，天天往姑姑家来。那时的乡间，少见有那么张扬的爱情。男人载着姑姑，姑姑坐在车座前，男人下巴常抵住姑姑的头，姑姑惊得叫声传几里。乡间的路，全是灰尘，一路走过的地方，笑声和着尘埃，上下翻滚。

乡里人淳朴，都会替姑姑开心。姑姑从小有腿疾，一条腿较另一条腿短一些，除此而外，算得上完美。正是这点小疾，才得尽父母兄姐的宠爱，捧在手掌心，长到花季。正因为那份宠，姑姑出落得水灵剔透，半点不像村姑，腿疾因为掩饰得好，跑得慢时，竟是觉察不出的。

男的一来，便会拉出姑姑，在小道上飞车。姑姑穿的是件洁白的连衣裙，马尾上束一方洁白的手帕，像极了那个唱"将军拔剑南天起"的小凤仙。那辆单车，单车上飞翔的两个人，多少年在我们的脑海里挥之不去。

可是姑姑的爱情折翅了。折翅在那年的三月。姑姑被男人带着去看电影，县城里有座大高桥，坡度极陡，姑姑依然坐在车前，男人说，咱们冲下去？姑姑有些胆怯，看那个坡度，可男人一往情深：我想和你一起飞。姑姑又咯咯地笑了起来。男人全速从桥上往下，姑姑在他的车前："举起鞭儿轻轻摇，小曲儿满山飘满山飘……"姑姑的小曲儿似银铃张口便来的，可是那天小曲儿刚开了头，两人便骨碌碌地滚了下来……

正是三月里，梨花儿白桃花儿艳。姑姑跌了一个跟头，原来小残的腿，大残了。医生说，日后保不住要截了。只是个推测，男人便退却了。从前那个一下班就油头粉面单车一骑的男人，消失得无影无踪。那一夜，细雨簌簌，梨花落得缤纷一地白雪皑皑。

腿伤才是小病，男人一消失，姑姑便彻底病倒了。姑姑的病，让家里人操碎了心。那样一个花容月貌的女子，变得命犯桃花，见了男人就脱衣，直吓得父母兄长轮番监管，宠爱一生的老父老母只会垂泪："你们给行行好吧，不管怎样的男人，我们都认了。只要把她领走，好生待她。"

不过三四个月的样子，姑姑变得让人不敢相认，勉强可以站起来的腿，全然要靠拐杖了。只肯穿那件白连裙，一个夏天，都快辨不出它的本色了。原来文静内向的她，变得特别爱说话，逢人便拉开自己的衣衫，热切地说："看我看我，漂亮不?"春光无限尽现眼底，慌得路人夺路而逃，姑姑却拊掌而笑，拍着手跳："喜欢你鞭子轻轻抽我身上……"

八月，正是浅秋，梨子熟了。姑姑出嫁了。都说，她是花痴，成了家，便好了。邻村一个四十的老光棍，骑着辆破旧的"飞鸽"把姑姑带走了。出嫁的那天，姑姑出奇地乖。看到飞鸽，闹着要坐车前，却不肯男人骑。姑姑静静地坐在车前，男人在车后扶着，不敢靠前。姑姑发了会儿呆，重新坐到后座上。重坐到后座上的姑姑，突然像变了个人，变回了从前的安静懂事，泪眼汪汪地跟老父老母道别。姑姑突然又下车，埋头在老母怀里，痛哭了一场，然后坐在男人车后，一步一回首，消失在众人视线里……

姑姑再回来时，便抱回了一个又白又胖的小子。那个极丑的男人，也似乎被姑姑妆扮得有几分人样。再后来，我搬离了村庄，姑姑的事，便听得很少了。

"这个吧！你小时候就好这个。姑可记得！"姑姑用衣角麻利地把梨搓了一下，朝着我递了过来。"小萍儿，回家！"一个男人，骑着辆三轮电动车，横冲了过来。背微驼，发花白。电动车停稳了。车厢里一个拐，一张小椅子。上面居然还垫着张小凉席。姑姑爬坐上去。男人用自制的安全带，拴在姑姑身上。梨筐一个一个搬上去。姑姑坐稳了，笑成一朵花，男人递过瓜子袋："嗯，抓好了。这可是新鲜的！"

姑姑朝我挥手，笑声在暮色中飞扬。目送他们两口子离开，姑姑有 50 多了吧？那男人呢？应该是 70 开外了。

最近常理货，每支钢笔回来，都要再验一遍。会出现支把笔，笔帽些微松动，戴不住的样子。只须拧到其他笔上，怪了，就匹配了。特别感慨。爱情原本是件神奇的事儿，没准像我的笔帽，跟这支笔不配，跟那支笔，倒是严丝合缝了。

花裙季，恋爱季

谨以此文献给我漂泊在外的三叔

三叔，如今算来，应该有 60 开外了吧？自犯事后，一直漂泊流浪在外，小姑说，现在三叔晚景还好，两个儿子，上的都是重点大学，他自己的事业，也如日中天。

三叔进去过两趟。第一趟，是为了一条花裙。

爷爷生了六男二女，原本家就薄，儿女又多，再逢上那个时代，家里常常揭不开锅。眼见着，三叔就到了该娶媳妇的年纪。人家介绍了一门亲，双方都挺满意。三叔嘴甜，人又勤，很快便与女孩出双入对。一日逛街，供销社一排花布，女孩双手摩挲着，不走，也不说话。三叔站在一边，只恨自己口袋里空空，僵了好一会儿。三叔说："今天不赶巧，明天，我一准把这块布买走。"

三叔没有食言，果真第二天，便将那块千娇百媚的花布送到了女孩手里。女孩那个开心呀，一路奔跑着，到了镜子前，披在身上比画，

171

顾不得，急乱的步子，让微跛的脚显得更跛了。

三叔的日子，每一日都艳阳满天。女孩脚有些跛，三叔说，得有一辆新车。得了车的三叔，女孩坐在车前，张开双臂，长发飘散，飞了三叔一脸。花裙飞舞，乡间的小道太窄，载不动三叔溢出来的幸福和快乐。

女孩的发，乌黑。三叔说："那个梳头油，香香的，要不，咱们也来一瓶？"女孩的脚，有些特殊，三叔说："要不，咱再扯段花布，重做一双鞋？"女孩长得太瘦，三叔拎回二斤肉，宠溺地看着女孩包着满嘴，来不及下咽可爱的狼狈。女孩胳膊细小却修长，三叔说："戴块手表，肯定漂亮。"

不长的时间，我的三叔就像那个呼风唤雨的神笔马良，女孩便是那个要风得风的小公主。终于有一天，办案人员站到了爷爷奶奶家门口。

三叔被带走了。女孩另嫁了人。一个清晨，爷爷奶奶家门口，多了一条折叠齐整的花裙。

四年的时光，弹指即去。三叔由一个大龄青年，变成一个更大龄的青年。三叔嘴甜，人又勤。里面的日子，日日赛酷刑。一个老汉也在里面，几乎撑不下去时，他所有的事情都由三叔悄悄替代了。老汉先出来时，扔下一句话："你出来后，一定要找我。"

三叔出来后，第一站就到了老汉那里。老汉的家，在我们的北三县。经济条件不好，老汉帮三叔相得一门亲。老汉拍着胸脯跟邻居保证："这个人，我敢保证，绝对好人！"

女孩才不过十九。三叔带回家时，里三层外三层，围满了人。人人啧啧称赞，宛然四月天里小菜花，灿烂却淳厚，甜香里带着亲切，嫣然笑起来，好似春风拂过的麦田，余波袅袅的。人家就这么夸着，三叔原本疼怜，这下更是只恨不得含在口里了。

三叔再次犯事，还是因为一条花裙。

三叔在三婶那里安了家。两人在一个小厂里做活。三叔跑供销，常要出差，携三婶同行。一日在宾馆，门前晾绳上，晒了一条花裙，三婶只瞥了一眼，惊为天物，呀一声，叫了出来。三叔漫不经心地说："这有什么呀。"三婶拧皮糖似的粘着："好看啊，我要。一定要！"

可怜三婶，也只是这么一说，没想到，她的一双纤纤素手，生生地将我三叔再次送回了头。

爱情里，一方比另一方，年龄相差太大，就不再只是普通的男女之爱了，会是杂糅了父女情兄妹爱的特殊情感，为你，完全没有原则的。

当他们出差回来时，三婶的面前就多了那条漂亮的花裙。一模一样。三婶并不知道三叔的过去，只是欢呼着抢过，末了问了句："不会是偷人家的吧？"

三叔格外镇定："要不，你去偷偷看？"三婶懒得理他，兴奋着进屋试穿了。

花裙之后，三叔又成了那个无所不能的马良。三叔再次被抓起来时，三婶身怀六甲，正要临盆。灰心间，两人离了婚。三叔自此与家人，也切断了联系。倒是三婶，让我们全家恻隐，她也才不过二十的年纪，带着一个男孩，怎么另嫁，怎么过日子。

　　故事如果到这里，三叔的人生也太灰暗了。峰回路转的是，三叔十年铁窗后，到了上海漂泊，与过往，一刀两断。他到了一个全然陌生的环境，没有亲人，没有家。寂寞孤单中，过了几年。有一天，清晨，他打开宿舍门，看到一个女人，站在他的门外，牵着两个儿子。女人他一眼就认出来了，穿的，正是十多年前，他从宾馆顺的花裙。

　　醉拍春衫惜旧香，天将离恨恼疏狂。三婶虽然急怒之间，离了婚，后来携子另嫁，却再也找不到和三叔之前的那份感觉。带着一个空壳，和男人过了几年，又生了一儿，男人恨死三婶："这么多年，我守着你个人，也得不到你的心，你滚吧，去找你前男人。"

　　就这样，三叔一家在大上海团聚了。两个儿子特别争气，考的都是名校。三叔年岁不小了，却因着两个儿子，活得格外奋斗。六十的寿诞，给老家只传来一张合影。照片中的三婶，还是那条花裙，笑靥如花。

长英嫂子的爱情

　　长英嫂子是在年关时，被存风哥哥家迎娶过来的。乡村里家家贴上了春联挂落，村野上方弥漫着炮竹的火药香。嫂子心底深处的幸福和快乐，多得溢出来，连私自哼出的小曲儿，都染上了喜庆的大红，撒落在颠簸的泥道上，铺出霞光万道。

　　嫂子会哼什么呢？拔根芦柴花，还不周全。嫂子没有上过学，存风哥哥却是闻名远近的才子。嫂子在心里谢了又谢，老天有眼，把那样一个优秀的男人，送到了她的命运里。虽然很想早点见到他，虽然他本人不来迎亲，让嫂子多了份失望，但那份失望，很快被迎面吹来的风，拂走了。他们有的是长长的一生，何必在意这一两小时？

　　长英嫂子，踏入新房时，恍惚得，几乎不敢睁开自己的眼。一张画板床，四周飘着浅粉的纱幔，床的前部，全是雕刻繁复的图案。八床绸缎被亮得闪眼。俏玫、翠绿、鲜红、宝蓝、香橙、水粉、暖黄、明紫，那是划过夜空的闪电。嫂子出自农门，从未见过的世面就此在她面前一一展现。嫂子惊喜的眼，掠过满墙的画报，掠过硕大的红烛，掠过室内高低参差的橱和柜。那些，只在电影里见过，电影里还都是黑白的，嫂子的新房里，却是实实在在的姹紫嫣红。

可是新郎呢？

长英嫂子不只是在洞房花烛夜未能等到她的新郎，此后的日子，她都被她的新郎请到了新房外面。长英嫂子和存风哥哥，各睡一间房，长长的婚姻里，一直如此。

哥哥玉树临风，哥哥识字断文，哥哥琴棋书画，哥哥吹拉弹唱，无所不能。哥哥吟诗唱曲，哥哥风花雪月，哥哥志在云霄，只是哥哥，飞不起，跳不高。他有一双最最古董的父母。那个年代，每家都有八到十个孩子的，存风哥哥却是独苗。于是，他的父母，跪下求他，只要在二老眼皮底下，怎么折腾由他。于是，工作由父母拍板，婚姻由父母做主，余下的，听他。工作与婚姻，都被安排了，哥哥的人生还有几分是自由的？

嫂子不去计较把她安置在哪里。哥哥喜欢拉小提琴，一曲《梁祝》，哥哥自己常潸然泪下，嫂子也常稀里哗啦。生产队，每到下雨天，就会在室内放梁祝，不用幕布，就在墙上。每次墙上土坟里，飞出两只彩蝶，翩翩起舞，嫂子就会恍惚，如果那是她和哥哥，多好。不一会儿，又会啐自己，自己可以去死的，存风哥哥一定不能。算了，还是不要做蝴蝶，就做人吧。哪怕在两个房间，到底可以照顾他的一日三餐。

嫂子和哥哥，有两个孩子。长子是个哑巴，于是，又有了二子。哥哥游移在婚姻之外，嫂子不去管，别人亦不会说什么。我在初中时，搬到农场，上学却还在老家。于是，很多周末，会被哥哥嫂子接到家里。其实他们的年纪，与我父母相仿，哥哥与我父亲，甚铁杆。

那时，我小小的心眼里，就懂成全。乡俗里，每有贵重的客人到，就会腾出最体面的主人房，供客人休息。虽然我人小，可是哥哥一直看重我的学识，以为我日后会有点出息，所以，我的到来，必是要腾出哥哥的主人房，供我暂栖。哥哥确实是个高人，在床的最里面，居然会有暗藏的大橱，里面是满满当当的书，以至于，我把每次到他家的停歇，都当成一次精神的盛宴。长英嫂子，每次都因为我的到来，表现出更大的欢欣。我以为，是我成全了他们的爱情。哥哥终于肯到嫂子的房里去。

后来，却发现，嫂子确实爱到卑微，哥哥身边飞过的每一只小虫，她都要侍奉到位的。我见哥哥倦着一双眼，从另一个房间里走出，并不因为我挤了他的窝，他就可以到嫂子那里将就。

歌词里常有因为爱着你的爱，所以梦着你的梦。嫂子一辈子不识字，也不会唱歌，新婚时，唯一哼过一次，还不全。之后，生活，便让她再也唱不出歌了，却不影响她爱着哥哥的爱。

哥哥的身边，一直没有少过女人。有时，还会带到家里来。有时，是一群青年男女，吹拉弹唱，喝酒侃山，呼啦而来呼啦而去，嫂子只在一边笑意殷殷，端杯置盏，烧茶倒水。没人在意她的存在，嫂子也刻意让自己成一个透明人。

哥哥养花，大手笔。家的四周，水泥浇筑起四面的花池。买回大批花种，撒进去。嫂子便在里面，间苗、移植、施肥、浇水。待得花开满池，哥哥呼朋唤友，赏花喝酒，嫂子依旧穿梭人群，饭菜供应，酒水齐备。

哥哥一生吃喝玩乐，洒脱无羁，却没能迎来自己的晚年。因为一段情，栽在五十的壮年。嫂子不懂爱情，却可以在男人栽倒之时，迎他个满怀。哥哥倒下的那天，嫂子居然听到了小提琴声，还是那首《梁祝》。嫂嫂未曾料到，自己最不忍的结局出现了，自己最不舍的结局，居然出现了，她最最不愿意送走的人，居然被她送走了。嫂子倒没有太多的泪，就算她愿意化蝶，存风哥哥未必会接受她的双偕双飞的。嫂子送走哥哥之后，继续她一生的事业：拉扯孩子，侍奉公婆。彼时，公公去世，只留婆婆了。

母亲一日闲谈时，说起，你家长英嫂子，人太好，但凡有些管束，哥哥也不至于到这个地步。母亲终是不懂。她对我父，一辈子高声大嗓，稍不称她的心，就会修理砍伐。父亲在外，不苟言笑，威严有加，唯有在家，是我们母女三个吃的小鱼小虾，那是因为父亲心里有取之不竭的爱。长英嫂子，一生守着的，只是哥哥的躯壳，她哪里敢有半点微词？

长英嫂子，终于在 59 的大龄，迎来了她的爱情。

我家四婶，三年前突发急病，撒手人寰，四叔家小儿，定居上海，留下四叔在乡村，孤身一人。四叔和长英嫂子，两个丧偶的苦命人，走到了一起。四叔在电话里，征询我们的意见，倒是欣慰，嫂子那样的一个好人，终于在晚年迎来了她的花好月圆。只是称呼要改了。弟弟三十的生日，在老家操办，长英嫂子第一次正式出现在我们这方亲友面前。

四叔原本普通，勤劳肯干，长英嫂子只消做做两个家里的洗涮活儿，繁重的，四叔包干了。一日路遇，四叔用电动车载着长英嫂子，去小镇，跟人家要钱。存风哥哥快活一生，却账目混乱，过世之后，常有要债的人，堵在家门。嫂子日夜惶恐，四叔却可以挡在她的身前了。

四叔恋上养花，雄心着要考驾照，家里一台唱机，日夜轰炸。估摸着，他是不想太输给存风哥哥，好歹他也要成为有才情的男人。他却不懂，长英嫂子经历过那样的婚姻，现在要的恰恰是我四叔那样的一个男人，挑担时，有人接过去，重活时，有人说一声，我来。掀开锅盖时，那个男人贪婪地猛吸一口气，好香呀。

最重要的是，寒冷的冬日，再不用孤被冷衾，等天亮。

书生泪

姑父是个书生。那样的村庄，百无一用是书生。

无父无母，只腰间一个道琴，就流浪到了我们村子。姑姑是个哑巴，于是，姑父便被留下当了女婿。

姑父能做什么呢？多数时间，还是流浪，唱道琴。一曲《珍珠塔》，众人追了数里，这家听到那家。纵是这样，养不了家，糊不了口。一儿一女，多数靠我母亲接济养活。姑姑不会说话，不影响她对自家男人的崇拜。姑父归了家，姑姑便眼不错珠地朝着他看，然后竖起大拇指，逢人便夸。

姑父家门前，有个小屋。小屋里住着一个下放的知青女人。女人，并不见得有多漂亮，只是女人识字，还会说话。姑父在村里算是个异类，肩不能挑担，手不能提篮，手不会搓绳，人不会农活，家徒四壁，偏生他爱买书，各类书籍，摆满黑洞洞的房间。那些书，是他的给养，看了，才能说出的。姑父说书，颇为传神，说一气儿唱一会儿，一把道琴，一盏茶。那个时候的人，多半不喝茶，渴了，到河边捞起一捧水，喂到不渴为止。要不就是一个大茶缸，水缸里舀起一大茶缸，咕噜咕噜一茶缸下肚，走路都能听到摇晃的水声。姑父却喝茶。一个玻璃的杯子，大红的镂空花，热气氤氲满满一杯，唱说之间，呷上一口，紧要关头，只低着头，尖着嘴，对准杯口，左右吹去，热气四散，却并不抬起头，继续吹着。四周听众一顿急，恨不能拎起那颗热气上的头颅暴扁一顿。

世上的种种，最怕的是唤醒。姑父蛰伏在心灵深处的情感，那些他常在戏文里可以说唱得百转千回的情感，被女人唤醒了。生产队安排女人去拔棉花秸。天寒地冻，棉花秸定了桩似的，女人埋下身子，用钩子使劲地往上钩，好容易钩准了，埋下身子狠命往后退，用力过猛，一屁股坐到了地上。那么长的田垄呀，女人咬咬牙再次站起身，再钩住，猛用力，拔出来了！心下一阵欢呼，继续再拔，三根拔出来了，女人摊开自己的手，抚着新生出的水泡，眼泪滚落了下来。肚子已经很饿了，一早吃的是萝卜粥，数得过来的几粒米，萝卜倒是不少。不知怎么的，萝卜愣是咽不下去。城里带来的饼干，还有两块了，拿出来看了几眼，忍痛又放了回去。女人再看看四周，都在埋头拔棉花秸，没人多看她一眼。

已经到了吃饭的时间了，姑父这阵子变得爱赖在家里了。没事了，会盯着前面看。家家炊烟四起，午饭时间到了，姑姑早早把四口的饭菜张罗端上了桌。姑父捧着书，眼盯着前面小屋的烟囱，愣是没有烟冒出来。姑父丢下书就往田里去。

冬日的棉田，分外孤寂，女人的头上，包着条方巾，五彩斑斓，没少招村里女人的议论，但女人管不了太多了，舍不得自己的长发，在寒风中吹乱，舍不得自己白嫩的细皮，北风里日渐皲裂，舍不得自己青春的汁液随着北风点点蒸发掉。拔下一米长的段儿了，手上的水泡被棉花钩压破了，沁出血来了，掌心一片模糊。

姑父接过女人的棉花钩，这活儿，他其实也不会，但到底力气大些，三钩两钩地，倒也钩倒几个。姑姑过来了，咿咿呀呀地，手上捧着破棉絮，在女人和姑父面前放下，是饭和汤，还腾腾着热气。姑姑夺过姑父手里的棉花钩，抹下手上脏黑的手套，三缠两缠，缠到了棉花钩上。姑姑埋下身子，头也不抬，棉花秸搂在怀里，钩像长在手上，棉花秸像粘在钩上，一钩一个，微冻的土上，可以听到声音。不长的时间，姑姑便把那些棉花秸全部放倒了，很远的前方，直起身子，竖起大拇指，咿咿呀呀又在叫，热浪蒸腾在她的四周。女人端着饭碗，久久忘了往嘴里送。

日落时分，女人照例会来看书。这时的女人，全然变了一个人。读书上的片断，吴侬软语，莺歌燕舞的。还会昆曲，是那个《牡丹亭》。那样的片断，只要一想，便会肝肠寸断。女人生得倒也平淡，偏生一副嗓门惊为天人，只一轻吟："则索要因循腼腆，想幽梦谁边，和春光暗流转……"杜丽娘春心萌动，只待入梦。这样的戏文姑父太熟了，接上腔来："这一霎天留人便，草藉花眠，则把云鬟点，红松翠偏。见了你紧相偎，慢厮连……"

冬夜的农村，百废待兴，邻人早挤得姑父家满满一小屋。有女人和姑父搭腔着说书，邻人更是兴味更浓。姑姑在人群里穿梭，不停地给大家端凳让座，如此斯文的唱词，农家人懂的不多，女人只消看一眼自己满掌心的血肉模糊，滴溜溜的声音里便泫然得能拧下水来，越发听得邻人发痴。最缱绻的便是姑父了，他说一声："姐姐，你身子乏了，将息片时，小生去也。正是，行来春色三分雨。"

然后便是长长久久的静默，任邻人再四催促，再不肯张口言语。女人便起身，回自己的小屋。邻人四下散去，姑姑犹自不懂，只顾着拉女人衣袖，女人挣脱了姑姑，却将那两片饼干塞在了姑姑手心。

几年后，女人进了城，小屋便空了下来。原本矮小，久不住人，便显出颓败来。村里来了几趟人，要拆了小屋，姑父百般阻止，更多的夜晚，他说书的场所，换到了小屋前。再后来，人人家里有了收录机，有了电视机，夜晚，再难得有人肯出来听书了。再后来，姑父的女儿远嫁他乡，儿子也另成了家。姑父和姑姑的小屋漏得再不能住人了。女人留下的小屋也在一场暴雨后彻底趴下了。姑父要随着儿子搬去新居了，姑父站在两栋小屋之间的小路上，捧着个随身听，耳朵里塞着助听器，要放极大的声音，他才能听到了，是一段女声："困春心，游赏倦，也不索香熏绣被眠。春吓！有心情那梦儿还去不远。"

儿子在前面极不耐烦地催着："快点呀，磨磨叽叽的有金子拾呀！"

姑父踟蹰着步子，缓缓背过身子，隐忍多年的泪，终于汩汩而下。

第四辑

爱情两个人，

婚姻一大家

我的幸福你来成全

　　那年，和先生成婚。你和父亲，顶着满头白发，来我爸妈面前打招呼。按照乡俗，该有热闹的婚礼，还要有成沓的彩礼。你们已经做不到了，所以上门谢罪。慌得我妈一把搀住二老："你们生七个儿女劳苦功高，你们不用说对不起。"是你们，成全了我的幸福。千千万万人中，独独让我遇上了他。

　　儿子生下来了。你丢下老父，过来带小儿。你带大七个儿女的经验，一一收起，照着我的书本，你亦步亦趋。冬阳下，儿子在你的手心，开心地笑成一朵花。总有人慨叹我，小妈妈生了大儿子。后来看到你手里的小儿，才知道，儿子大大的块头，富态的长相，全遗传自你。冬阳下的祖孙俩，一大一小两个模子，生命是个多大的奇迹呀，竟用这样的方式传承！你满脸的沟沟壑壑里，都是骄傲与满足。

　　记不清第一次为你买衣，是什么时候了。好像是去街上，买小儿要的东西。然后一件花衣，击中了我的心。随手拎了回家，搭在你的身上，你竟有些语无伦次。你从小没有爹妈，你添置新衣的次数，竟是数得过来的。就连结婚那样的大事，也是租的新衣，过了三朝，立马还给人家，还搭上了一小袋米。你摩挲着新衣，就是不肯上身，说了句话，吓得我差点被开水烫坏："你比我妈都要好。"你没有读过书，就算是感激，也找不到一句得体的话。彼时我正在喝开水，你的一句比喻，吓得开水骨碌碌就直进了嗓子。幸福感瞬时淹没了我。为老人，花的是小钱，买到的是大幸福，这是我总结出来的秘诀。之后，你们的新衣都是我一手包办，喜欢听到你心疼我花钱时碎碎的唠叨，喜欢看到穿上新衣时，你们眼里闪过的欢欣。喜欢看到你们，对我变得依赖。

又来看你们了。你说，农保上的钱必须拿了，还有什么粮补。我都是听不懂的。虽然我带来一堆吃的用的，还有估计你们能用上的药，但还有些预料不到的，我都是帮不上的。那个不远的小镇，在你们的眼里，不亚于国外。太多的无奈，太多的年老无能。我说，我带你去办理？

半天的时光都交给了你。陪着你去了银行，陪着你逛了小街，替你选了一身新衣。带你去做美丽的蛋糕。你很歉疚，你说："等我们都走了，也少拖累你们了。这个地方，你也不用经常来。难来难去。"

你怎么懂？我的幸福，你来成全。没有了你和老父，这块故土，迟早会成他乡！没有了你和老父，我和先生，怎能心无旁骛一路前行？没有了你和老父，我们又怎么会是有妈的孩子像块宝？我拎着月饼的双手，没有你和老父来迎接，这双手要冰凉到几时？

　　还是得走了。朝你们扬手时，父亲就开始流泪。埋首在他的膝前，不敢仰头。每一次都怕，这样的离别，会是永别。我的父老双亲没有食过不老丹，中秋的风，随时可以凋零一片叶，我的这两片老叶，在枝头飘摇得太久。纵使回来的路再难走，我还是愿意一走再走！

　　你们若在，我的幸福便亘古绵延。

叫魂

我把小自行车，一直骑到病房四楼。我要摆帅给父亲看。刚推开病房门，我就吓得松掉了小车的手把。扑到他的床前。

先生家的老父，十多年卧病在床，每次我们都以为他挺不过来时，他却又再次颤巍巍地站立。这次，被我们骗来了住院。医生的几天悉心照料，老父已经明显好转。我正选得一款漂亮小自行车，锻炼身体用的，迫不及待地骑给他看，没料到，他突然不妙，吓得医生护士全部涌来，我推门的当儿，正在紧急抢救。

我可怜的父亲，眼皮无力地垂着，一大堆我认识不认识的仪器，全部夹到了他老人家的身上。医生护士没有一个回答我们的询问，统统紧张地工作着，察看各项指数。一旁陪护的姐姐和大嫂也都面部脱色，看到我，在絮絮地解释着。

我从护士身边穿过，走到了父亲身边，握住了他的手。那双手一点温度也没有了。我慌了，朝医生求助地看去，没人理我，来回穿梭着，他们在相互商量。一个年长的医生开始问我们，都是病人的什么人。我能懂了，是下病危通知书的意思了，是到关照我们的时候，一旦意外，都由天不由人了。姐姐和嫂子同时电话通知哥哥他们过来。只是，只是，我离开不过才一会儿的工夫呀，没有理由一下子就变成这样呀。

邻床来了个肺气肿病人。五大三粗的，抬进来却气不动、眼不眨，只有氧气接着，一边的瓶口，咕噜噜地响个不停。父亲一生只在农村干活，几时见过这样的阵势？即便他自己病得只留一口气，亦不曾动用过这些现代化的医学设备的。我开始在他手背上，轻拍。"不怕不怕呀，我们都在呢。"在他心口轻抚，又电话召来了先生。父亲不再睁眼，不朝我们中的任何一个人看。心跳从200，降到了150。现场气氛开始有些缓和。先生过来了，所有的人都松了口气。父亲开始哼出了声音，心跳继续往正常里恢复。护士长开始解说一边的仪器，那个我们从前只在电视里看到的，今天用在了父亲身上。电视上，两条线，拉成平的，一切就都结束了。幸运的，父亲的生命指针开始趋向平稳正常。

医生护士全数退下。我们开始检查父亲了。小便都失禁了，浑身上下，尿液混着汗水，已经没有一处干的了。嫂子在说，老头是被吓着了。医学上，是没有吓着一说的，农村里这个说法，却根深蒂固。我知道父亲惊吓的程度，他不是一个弱不禁风的人，八十多年，什么风浪没有经历过。死亡，他也不害怕。年初四的时候，我陪在床前。

他跟我絮絮说着话，说眼一闭上，他的妈妈爸爸，还有几个哥哥就来带他了，一觉醒来，就回到我们身边了。这要是，醒不来，就是被他们带走了。

父亲不识字，却可以把死亡说得如此美丽。是的，一觉不醒，他也是幸福的，天堂里有接应他的爸妈，还有从小一起长大的哥哥们。邻床的病状，未必能吓到他，但他一直聪明着，想必是联想到自己最后的去处了，他只想过，在他那个祖屋，在他那张床上，终了，却不想，会在这张全然陌生的、散发浓浓药水味的洁白的病房里走。他感觉没底，感觉孤独，感觉他的爸妈哥哥一定找不到这里，那他一个人就太孤苦了。父亲没有说，我能理解他的彷徨无助。

小的时候，我们常被惊吓，夜里啼哭不安。妈妈便会用食指在地面上蘸一点泥土，点上鼻尖，然后声音会低柔到极致："乖呀，宝呀，莫怕呀，回家跟妈暖暖呀。"一向疯野的我，便在妈妈的安抚下，忘记了啼哭，迷迷糊糊中再次睡过去。

父亲眼闭着，看不出是否睡着了。稀疏柔软的白发，耷拉在额前。嘴唇干枯到紧裹着一张突出的牙床，我轻拍父亲的手背："爸爸不怕，带爸回家。马上带爸回家陪妈妈。"又用笔，在他枯瘦的手臂上，写上"白马大将军"，这些都是乡俗里叫魂的招数。父亲终于睡了过去。

父亲被我们送回了家。临走前，姐姐们偏要他再到我家坐坐，说，父亲以后来城里的可能不大了，来一次是一次了。二哥背的。先生在身后默默地扶着，却见老父，两行浊泪，潸然而下。

那些桑枣抚过心尖

那年小儿在腹中，过了日子，迟迟不肯出来，母亲来接我："跟着妈跑跑吧。兴许他就肯出来了。"

个子本小，再腆着个大肚子，岌岌可危，看得人惊心，自己倒不觉得。十多里的路程，过往的车辆，无不停下来，想着捎我一程。朝他们笑，摇头，继续往前赶。母亲絮絮地说着话，我在一边，并不搭腔，满腹的心事。忽然母亲停住脚，有些兴奋："摘桑枣给你吃？"

路边的野树，枝丫杂陈，很是高大，却有黑果，诱人。苦笑。我和她，一个临产孕妇，一个半百老妇。摇头，不想吃。"妈，咱们回家。"母亲却执着，树下直转，跳起来够。眼眶微湿。跟母亲算不得亲近的，儿时竟是有些怕她，因为她的严厉。记不清什么时候，就可以和她平起平坐了，有时，还可以吹胡子瞪眼的。这会儿，就有些不乐了。她一把年纪，为个桑枣，要是有个闪失，我岂不自责坏了？母亲并不管我的百转千回，够着了一把桑枣，巴巴地朝我递来，眼里满是热切。

　　跟那个男人，却生来就近。男人年富力强，常年漂在外，偶尔回家的日子，便是我们的天堂。骑在他的脖子上，得儿驾！还不够的，不知道怎么驱使他才好。那天中午，他回得家来，讨好卖乖地掏出香烟盒，满满一盒的桑枣！狂喜着接过。是那种塑料盒，装在香烟纸盒外防潮的，他快乐地摆着："你爸厉害吧？给桑树喷药水的，就我想着抢给你吃了，不过，最好再洗一下吧？"他征询着。我奔向河边。可是我怎么懂？桑枣一进水，就浮在水面，四散开来。我坐在石板上，放声哭了起来。漂散在水面的桑枣呀，承载着我那一刻最美丽的梦，我因梦的漂流而痛哭，地动山摇。男人听到哭声忙着追过来，一看情状，什么都明白了，哈哈地笑着，衣服也没脱，直接扎进河里。

　　桑枣一个不落地重装进盒里，我坐在石板上破涕为笑，男人一把拉过我，骑在脖子上，往水深处游去，刚停住的哭声变成了尖叫。我牢牢地抱着男人的头，母亲不明就里，从家里赶了过来，看河里疯成一团的一大一小，又开始了叫骂。男人并不答言，更快地游动，我把桑枣往他嘴里放，他连我的指头一起咬下。这下真疼了，我继续哭得地动山摇。

　　又是这个季节，桑叶田田，小儿也长成了一棵树。离桑树结枣的时间不长了，回家看他们。母亲成了一拾荒老太，不管什么都往家拾，什么都能变成钱。我朝她恩威并施："不许再往家拾一样东西，要保持整洁？懂吗？"说话间，把她乱七八糟的东西扔出去一两样，她好脾气地应着，转身又捡了回来。那个男人，刀子剔不出二两肉，消瘦得厉害，脚也肿着。躺在床上，精神挺好，看电视度日，躺在他身边片刻，骨头硌人。快认不出来了，还是那个把我架在脖子上，在水里游得飞快的男人吗？

岁月真是好本领呀。我那样一对叱咤风云的父母大人，以不可逆转的趋势老将下去。近来的太阳，连日晴好。骑在我的小自行车上，无端端地涨满喜悦，无时无刻不在想着飞翔。阳光伸出千万只手，每只指尖都拂过我的长发，丝丝飞舞。那些飘向记忆深处的桑枣，似缕缕阳光，拂过我的心尖，枚枚甘甜。桑枣都是好样的，一经入泥，生根发芽，一两年的样子，便成苗了，只要嫁接，一律长阔叶，结红红黑黑的果。我身边的小小少年，男人见了两眼放光："啥时讨老婆，让爷爷喝酒喝个够？"这是自小儿周岁以来，两个男人持续了十多年的话题。小儿颇为淡定："快了快了。老爹你要坚持。"男人仰脖大笑，恍然间，那个在水中带着我飞翔的男人，又回来了。

流浪的肋骨

那场病，排山倒海汹涌而至。他措手不及，送回老家的医院。他请医生们海吃海喝，听着他们拍着胸脯向他保证，他的女儿一定不会怎么样。

烂醉的他，如泥地蜷在我的脚边。病床原本窄小，他尚风华正茂，身躯强壮着呢。梦中也不安分，手不停地挥舞，嘴里嘟哝不清："放心，咱明儿就能出院。"翻了个身，咚，掉下床去了。急了。拖他，不起。气得直接在他身上捶打，这下，他睁开了眼，朝着我举杯："再来一杯！小丫头的病，就托你了！"

第二天醒来了，有些心虚，不敢朝我看。端着我换下的衣服，就往外跑。病房前一个大院子，病人和家属都集中着。水龙头在院子中央，牛高马大的他，端着我的花花衣，放着多多的洗衣粉，笨拙地搓洗着。分明是打仗，洗衣粉放得太多，费很大劲才捞着我的衣服，只会狠命地按到盆底，盆里的水被打得噼里啪啦。邻床阿姨实在看不下去，轻轻接了过去。他浑身上下一片狼藉，下巴上都沾满泡沫。

接下来，卖力地做鱼汤面给我吃。满满一锅鱼，汤都放不进。不影响他积极的情绪。他爱唱歌的："美酒啊美酒，朋友请你干一杯……"颠三倒四，不过这几句。嫌他烦，倒头便睡，鱼汤面好了，却闭着眼，佯装听不见。他端着面条，一直欠着身，嘿嘿乐，一直求我：小祖宗，就吃一口？啊？

邻床阿姨哈哈大笑。阿姨是个老师。阿姨问他："知不知道为什么父亲怎么会特别疼女儿？"老爸放声笑："自己生的，哪有不疼的。"阿姨说："这女儿呀就是父亲抽出的一根肋骨。"

老爸乐了，一把把我举起，突地又放下，紧拥胸前，啊呜一口咬在我肩上："肋骨？这个好听！"我的一把小骨头，差点被折腾散架。我哇一声大哭了起来。闯下祸的他，这下安静了，坐在我床前，半天没敢吱声。

不过几十年的时光，他就老成了一个我要疼的孩子。肝部的毛病，勒令戒烟戒酒了，却背着我，时时偷吃。一嘴老牙，千疮百孔，带去拔牙，却出血不止。连日带着去医院，他便趁机要香烟压惊。我刚到家门口，他一蹿到我跟前，伸出手，跟我要钱，竖着一根指头。我掏出十元给他。他下了楼。我坐在椅上，却感觉不对劲，所有吃的用的，全是我准备了。他要钱，无非是买香烟。10元明显不够的。我鞋一拔，追他而去。真的瘦小，只一把老骨头，在我前面，暮色苍茫中步履蹒跚。我尾随在后。果真，门口的小超市里，他让别人给他拿一包香烟，正是我给的十元钱，还有不知哪儿来的两个硬币。我堵在他和营业员中间。我夺过他手里的烟，交给营业员："这个咱退了。"他气极："让我吃了就去死！"我不朝他看，我朝着吓愣的小女人说："帮我换包最贵的。这是我爸。身体一直不好。给他一包最好的，咱吃完这包，再不吃了。麻烦您也不要再卖给他的。他就是一孩子，没有自控了……"我突然哽咽了。

我在前面快走如飞。他在后面贪婪地大口大口地抽着烟，疾步追我。

就这么一直偷吃，后果立竿见影。原本该愈合的伤口，不时出血。好好一个中秋假，不停地出入医院。昨晚七点多，陪着他在打点滴。很饿了。低血糖犯得厉害。翻遍了包，只找到一颗棒棒糖，想出去买点填肚子，又不敢丢下他单独一个人。我电话老姐，电话老妈，四处告状，告他不听话，偷吃香烟，凝血总不能恢复。又是打针，又是挂水，这阵势他也吓住了，坐在椅子上，特别安分。我眼不错珠地盯着盐水瓶。

挂得真不顺利，第一针无效，又戳第二针。

我的他，日渐孱弱，不可逆转。守在一边寸步不敢离。发了条微博："还在陪他。好饿。都说我是他的肋骨，就让我点滴还给他，撑起他健康快乐的晚年。"

好吧，我是他流浪在外的肋骨。生命之初受他血与肉，他的暮年还他肉与血，捧在手心，含在嘴里，呵护宠爱每一天。

给婆婆打电话

婆婆家没有电话，手机是我配的，要么记不得充电，要么忘了开机，有时直接欠费停机，打得通的时候不多。

晚上试着拨过去，居然开着。好一阵激动。这个时间，他们多半睡着了，好长一段时间，没人接听。咱不急，对他们急不得。"喂，哪个啊？"婆婆不识字，看不懂来电显示，就凭问了。"哼！还能是哪个打给你呀！"炸弹一枚扔过去，先生最怕打电话，这些人间小事，通常都是我做。

婆婆乐了。能有什么事呀。本来就是查查他们的岗。

这两个老人，真心佩服他们，无数次听到轰然倒下的声音，无数个下一秒，他们又顽强地站起来了。只要他们站着，我们冲锋陷阵才全无后顾之忧。

先大呼小叫地告诉婆婆我要减肥。婆婆的年代，饿怕了。现在的日子，有得吃有得穿，好容易长出点肉来，还要折腾掉，婆婆不爽。

"瘦丑瘦丑，猴子样的有几个好看的。"嘿，要的就是这个效果，爱死你了，妈，继续来安慰我。

再胡说八道，被先生欺负了。嘴撅得山高，手机话筒都挨着了。婆婆急了，都什么事呀。还要怎么呢，你这样的人，他都不中意。嘿，得意。噼里啪啦，编排了他一通，就我这张嘴，婆婆哪能不知道，她家儿子不被我欺扁是因为人家先天长得高大。再叹一句，他嫌我老了呀，婆婆不待见了，那他自己不老？达到要的效果了，鸣金收兵。

然后开始问了。老爸身体可好？近年来，回家的理由都变成了，只要老爸身体一不好，拔脚就往家赶，好些了，便忙得没空回家了。公公婆婆八旬老人了，老爸的唤法，婆婆还不能适应。"爸爸这阵子挺好，都能下地的，晒晒太阳，有时摸到田里转转。"

婆婆开始汇报。我总在想，夫妻相差一点年岁，未尝不是好事，婆婆小五岁，60年的婚姻，后面的多年，都一直是婆婆照顾公公了。有时公公一个跟头栽下来，婆婆也拉不动，又不会电话求助，很多时候，把公公扶起来，婆婆就差过去了。

一听说他们身体都好，我的声音又高了八度："嘿，那好啊，你们乖乖在家，等我们忙好了就回家看你们。"

婆婆也乐。满口的牙，没几个了，重装的假牙，跷在嘴里，说话口齿不清呢，没事拿老人家逗乐，挺好。

再然后，婆婆会告诉我，门口的太阳很好。唔唔唔，敢情咱这里没有太阳。再告诉我，大哥家的女儿要结婚了。咱家的大喜事儿。小两口在无锡买房了，男方是湖北人，婚俗肯定不同。我在叮嘱婆婆，说服大嫂，入乡就随俗，结婚是大喜的事儿，不要为两方婚俗不同，为难人家。小姐姐家的儿子，春节结婚。得，咱家喜事一桩接一桩。从前嫁先生时，觉得他们家族庞大，好麻烦呀。后来才知道，这是一笔天然的巨大财富，但凡有事，哥哥姐姐伸手相帮，最小的得到的宠爱和帮助都是最多的。我自己说话舌头还没伸直呢，那边哥家姐家孩子都陆续成家了，好吧好吧，恭喜您老人家做老太了。婆婆得意，老太做了几年了。好吧，将幸福快乐的老太进行到底！

完了，手机有些发烫，老太太还在开心地絮絮着。我不需要说太多，时不时地应两声。婆婆问，现在店里忙不？

"忙忙忙。等有空就回家看你们，妈妈拜拜。""哦，再见啊。"

哈哈，亲爱的婆婆大人，估计他家儿子，整个洋媳妇回家，她老人家一样能应付自如。

牵着蜗牛去散步

我在父亲面前扭来扭去："好不好？就去一趟嘛，一会儿就回家。咱去买席子。好不好？"

父亲笑了，终拗不过我。

轮椅一共就用过一次。去年的盛夏，回家看他，刚得了轮椅的他，孩童般地欢欣，由着我推他到村里四下乱转。只是他高估了我的体力，也对乡间的泥路估计不足。一趟回来，我累得脱形，汗流浃背。他自是内疚，这次断断不肯再坐那个劳什子。

但我执意。他已卧床 20 多天不起，今日太阳晴好，他居然奇迹般地又能起床了，自然会怂恿他再次出门。我在他面前转圈，已将自己行装减到最少，指着秋阳摇晃着他："这个天不会热的，行不？"

终于出得家门。一路上他熟悉的景，曾经几步大跨便能抵达的路，彳行复彳行。正是收获的好季节，家家场院前堆满庄稼。他一一笑着招呼过。许多独轮小车推着满车的肥料，他唤住人家，问："我的轮椅换你的小独轮行不？"

13 年了，估计他没有一天不盼着自己的腿能有站起来的一天。但终是梦想了。那条腿已成枯枝，时常发炎肿胀溃烂，任何时候摸上去都火烧一般，颜色也黑得不成样子了。用安全带把他牢牢绑着，每走一步都是一步三回首，车轮朝着左右乱转，就是不朝前。怕他有感觉，路边的东西，自是乱问一气，听他讲解。

终于到了村部，最热闹的地方，我按着清单，开始帮他和她置办日常用品。离得远，每回家一趟，客人一般来去匆匆。今天帮他们晒被铺床，才知道，需要置办的太多，这次，连吃饭的筷子都帮他们重新买过，他的身前身后堆满了东西。欢呼着重新把他推回头，超市女人实在看不出他来的必要，对着我，乐了："你不会自己来买？"

呵呵。她终是不懂了。我能够回家看他的次数，是可数的了；和他共度的时光，也是可数的了；能够推他出行，更是可数的了。只要有这样的机会，我自是百般争取、千般流连。

回头的路上，带他去理发。他摇头，说还没到时候。理发的那家，搬离了村子。屋后的菊花兀自燃烧着。掐了一朵紫红一朵金黄，插在他的口袋里。轮椅里的他，萧萧白发，一脸浅笑，淡定从容。多么希望任时光匆匆，下一个站口，我只消轻声一唤，他还可以如此时此刻，吟吟笑着款款坐着，应声而在。

回头的路，更难走了。怕他会歉疚，我尽可能地推得轻松愉悦，一旁的小儿，或左或右，竟帮了大忙。离家还有好远一段路，父亲举着草席，并身前身后大捧的东西，直唤老婆子，78 岁的母亲迎出家门，接过我 83 岁的老父。

出门时，两点还差一刻。这会儿，已是夕阳西斜。

风吹麦浪

1

很远地，就见两个并排走来的小伙子。其中那个浓眉大眼的，就是你，我的儿子。你很淡定，装成没看见我。我也直接看不到你。小自行车从你身边冲过，丝毫没有减速停留的意思。你急了，扬声唤我，我还是全速向前，你眼看着追不上了，高呼："你还是不是我妈！"

哈哈。谁说我是你妈啦？谁给妈妈定下标准了？妈妈就该是四平八稳、苦大仇深、无私奉献的主儿？

终于追上我了，你倒不计较我的虐待。拿出张体检表："瞧，张引弦，女，16岁。"我看着，一个体检医生常犯的错，有啥好探讨的？

你笑成了一朵花："班上同学那个乐呀。都问，是你妈骗了你16年，还是你骗了我们大家16年？刚进厕所的，后面一条声唤开了，哎哎哎，你应该去对面！"

好吧。这就是我的儿子。我把你朝内敛勤奋、上进积极一路上培养的，但不影响你长得 HAPPY。食指朝我一勾，手机。干吗？拍下来传到网上呀。

现在的孩子，上个洗手间都能写条说说。不要说发生这么大的搞笑事件了。不行。老师不许用手机。嗯，也就是你这个三好妈妈。小高考成绩揭晓那天，老师刚把座位号报下来，班上刷一下四十个手机全掏出来。妈，懂不？四十个呀。法不治众，你懂不？

我要告诉你，年轻时，就要学会听取长者的意见，少走弯路，多走捷径，节约下大片摔跤的时间，你早机灵地搂过我的肩膀，一路飞奔上楼梯，我的一把老骨头在你的裹挟下就快散架了。踏进家门时，那张嘴像离了水的鱼，还不忘眨巴两下：学校不允许的事都是有道理的。你早已换好鞋没了人影。

2

终于，跟我们有了一次正儿八经的对话。分析学校的升学状况。分析你个人在班级上的排名。分析你平时的考分。最终告诉我们，你的决定。你考书法专业。这样，说不定，你儿子还能混个名校。你伸过手，把我张得合不拢的嘴，闭合。我是因为惊讶。就你那手字，老师都找过谈话。至于遗传，扯淡。你自己也说过，说不定我写作传爸爸，写字传妈妈呢？

特价书店倒闭。我和你，疯子一般，淘得一本又一本。本就特价，再遇倒闭打折，我和你各自疯狂地挑喜爱的，500 多元书，怕你爸骂，不敢一次性带回家，放在车库里，分了几次才搬上去的。那么多的名人名传，每个领域都有。我承认，我不聪明。我对于名人，仅限于教科书正面介绍的，比如居里夫人，只知她光芒四射的研究成果，根本不知道她鲜为人知的情感困惑。你接受的信息，比我全面，也比我客观得多。我以为，你这样立志报考书法专业，大可以用名人经历，直接引导你上路。你说："妈，你没发现，名人多半很矬？那个康成，混得那么惨。还有贝多芬，晚景凄凉。"你呷了口茶，信手把刚写的作品，传到说说上："一边写字一边喝茶，是不是神仙过的日子？"转头对着我，"把自己的日子，过成名人的。就只有甜蜜了。"

如果在可能的环境里，一样懂得奋发进取，为什么总把自己逼成苦咸菜一把？虽然很想反驳，但不得不赞成，你到底把我骨子里的乐天，传了过去。

你爸跑过来告诉我，这孩子，就有心呢。炒个饭吧，各种调料、各种配菜，火腿切得细得不能再细。是啊，不能不承认的事实，我们从前的苦日子一去不返了。你爸腰疼得厉害，无可排遣时，打开电视看了会儿，你乐滋滋地表扬："生活质量有所提高嘛，至少有点休闲了。"

3

悲观地发现，你的身高，说不定会传我的。从前找对象，其他没要求，就求个子高，好让后代高些。儿子多半传妈妈，这个愿望还是破灭了。陪你看外公，路上就在慨叹这个问题，你倒是从容："你是愁人家小姑娘看不上？成年人，仅看长相的很少。最重要的，现在要积累多多的资本，到时人家才不会看低。"啊，吓坏妈妈了。咱可不能早恋！早恋？多早算早恋？过去 17 岁的男人娃儿都抱手上了。我朝你一看，恐怖分子一般，你赶紧安抚老妈："我倒也是想呀，谁能看得上？"

这倒是真的，比同班同学小两岁，这让你整个高中阶段都属于瞧不上的类型。不过，最近心思仿佛才回到学习上。这几天在啃文化课。爸爸说了，决定你上什么样的学校的，不是专业分数的高低，是文化分数。兜兜转转又回来了，原来想用专业成绩弥补文化的不高，这下，逃不开了。咬牙上！你这次表现出的坚毅，令我和爸刮目相看。

4

坚持着接你放学。我喜欢穿些稀奇古怪的衣服，牵手和你走在一起。你总放声唱些乱七八糟的歌词，今天是"远处蔚蓝天空下，涌动着金色的麦浪，就在那里曾是你和我，爱过的地方……"你唱得摇头摆尾，同学就哗笑一片。夜色中，同学辨不清牵你的手是妈妈，有口哨声声。轻笑，贴着你更紧。

歌曲我熟悉，写的是一段无望的青涩爱恋，麦青时分等不到麦黄，麦浪阵阵爱已然随风。妈妈对你的爱，坚守得多。这么多年，始终如一，那般地巴心巴肺、刻骨铭心。慢跑只几分钟，你就甩开了大步，我明显跟不上你的脚步了。你的歌声在往远处飘。往后，妈妈对你，都只有这般追赶的份了。

睡余共饮午瓯茶

婆婆 80 岁，徐奶奶 81，刘奶奶 81。三个老太太，家住一起，天天搭伙外出打工。

我一吓，就你们这个年龄，人家敢要你们？心里在说，万一有个好歹，人家是多出一个妈妈打发了。婆婆擦擦脸上的汗："人家保护措施好呢，门口搭的场，四边四个大电风扇，对着吹。中午还发棒冰。"婆婆说的"场"，就是厚篷布搭出来的一个大空间，农村里红白喜事，不去饭店，就在那个彩篷里。篷布再厚，能挡住今年的酷热？

"帮人家撕玉米。青年人从田里掰回来，我们年纪大的，坐在门口场上，撕出来就行。"收玉米我们收过，每年都是最热的天。一旦成熟，等都等不及，必须立即收好，否则站在田里就直接出芽了。手腕上戴个鱼穿，是个像针一样的器具，不过要大很多。对着玉米苞衣最上端，一拉，露出里面的玉米棒，一掰，扔进怀前系着的围腰里。待得围腰装满了，再装进蛇皮口袋里。然后装上拖车，拖到门口场上，要么机器脱粒，要么手工剥下玉米粒，又是一个浩大的工程。

现在人田多，脑筋也好使。年轻人力大，工钱贵，耐热抗暑，他们从田里直接整个玉米苞掰回来就行。老弱病残的，安坐在那里撕玉米，除去外面的苞衣。

"人家就喜欢用我们这些老人，同样两只手，老人不比年轻人慢多少。工钱还只要一半。"婆婆有些自得，"他们都说，哪里像是八十岁的老人呀，看起来不过七十几。"老太太说的是实话。那两个奶奶都是精瘦精瘦的，劲大呢。三个老太太，统一服装，统一爱好。上次我回家，要我帮奶奶也买个跟屁虫。她们是儿女买的，就我家婆婆没有了。我在仔细地问款型功能，婆婆吓得止住我："那个东西，我一听头就昏，你千万不要买。"

"妈，天这么热，也不缺你这几个钱，你就不要出去了。"我有些不快。"嗯，你爸意见大呢。人在外面，吃那么大的苦，热成那个样子，回到家他都没个好脸色，一直骂一直骂。"婆婆向我们告状。"就是啦，那两个奶奶没有爷爷了，你有爷爷的，你要照顾好爸爸，在家陪陪他说话。"婆婆早出晚归，煮好一天的吃食，由着公公自生自灭。我在耐心地劝服婆婆。"这个夏天，连续三十几天在外面了，已经挣了1200多元了。你不知道，自己手头有点，到底顺便呢。"我有些默然。婆婆生在农村，近几年才有农保，他们不做，就只有伸手跟儿女要。这对传统的父母而言，几乎不可能。每年大笔的医药费孩子们在分摊，婆婆识字不多，脑子好使，总觉得这样活着，于儿女是拖累。

所以，就想着自己能动能行，挣一个是一个。我从包包里抽出钱来，跟婆婆说，天太热，活下命来要紧，这个钱，我们出。婆婆更急了："你们的钱也是钱，再说，我不能总拿你们的钱。"

香瓜吃得太多了，我怕扰了自己的减肥计划，高跟鞋脱了，在婆婆家的泥地上蹦个不停。不一会儿，就汗出几层了。婆婆看我上蹿下跳的样子，乐着："从这里走到大队，三四里路，我要歇几回的。"我哈哈大笑，我到八十岁时，会是什么样子？

吃完饭，我们就要赶回城。我朝婆婆挤眼："我们赶紧滚蛋，你还能去撕半天玉米。"先生急了："我妈，说了你不听，不许出去做了！"婆婆的牙一颗也没了，装的假牙质量太差，掉了只有一半了。婆婆淡定着呢："那么热的天都过来了，现在都要秋伏了，还怕什么？"婆婆开心起来，"再说我们有三个人呢，坐在那里打盹了，怕误主人家事，另两个看到了就拿玉米棒往跟前一扔，就吓醒了。剥蒜瓣也是，坐着坐着就要睡着了，另两个看到了，一揪一转，瞌睡就醒了。"

"叹息老来交旧尽，睡余谁共午瓯茶？"这是诗人的无奈。老来旧交，一个个离世，只余自己，同饮一杯茶的人都没有。婆婆却幸运得多，有相濡以沫的老伴，还有两个割头换颈的老姐妹。人生若茶，高温暑热下婆婆和她的老姐妹们却如饮甘泉，奋斗如烈日下的辛夷花。

做姊姊的红颜

有段时间，小胖子天天在家，日日溜去看他，和姊姊便走得很近了。

以为自己是恋父情结，对大叔级的长者都崇敬有加，却不是。母亲级的，一样深爱。最初是玫瑰夫人，后来是写文的卢姐姐，现在是姊姊了。

赖在姊姊身边，谈我的理想：挣足够多的钱，办个老年公寓，天天陪着说话唱歌，写文章读给他们听。姊姊乐：我第一个报名！

我把小胖子往床上一放，娴熟地替他穿好上衣，然后外衣，然后袜子，然后鞋子，七个月的人儿，草把人一样配合着。姊姊放心地偷闲看一眼电脑，或者捣鼓一下她的花。

《北上海 1950》在知青纪念馆拍摄，跟在冯老师后面去玩，脸上抹了黄泥，上身枣泥色斜襟棉袄，足下一双黑布鞋，拦腰扎了个补丁围裙。传了张照片给姊姊，姊姊吓得不轻，这是怎么啦？

一夜回到解放前。任我再是个如何飞扬跋扈的人，这身装扮，就是个解放初的穷困女人。安抚婶婶，拍电视剧呢。婶婶开心起来："好啊，以后你拍电视婶婶给你当演员，做个保姆还是能称职的。"哈哈，我的婶婶，怎么跟妈似的？我妈看电视，一天一个主题，完了抄起电话就给我下任务。告诉婶婶，我只是个客串群众演员，我没写电视剧，这个就是半天体验生活，婶婶在之后的几个月，常念叨，几时可以在电视里看到你？

早在生儿子之初，我就迷上早教。儿子就是我的实验田。生一个实在不过瘾，我还没在他身上大施拳脚，人家噌噌噌，就半大了。小胖子的出现，真是一场及时雨，他是我的另一块田地。买来一堆书，都有计划的，交给婶婶。婶婶心细，交给她实施，太省劲了。婶婶每天念儿歌，讲故事，不亦乐乎，嫌不过瘾，自编童谣，贴在空间，我天天跑去表扬，好有模样，其实创作也是来源于这样的生活，心有所动，执笔记录。家里人怕婶婶中我毒太深，看她半夜起来写童谣，急着干预。我才不担心，我有篇文写过，做一个母亲就要琴棋书画诗酒茶的，婶婶天天和孙子一起，对她自然有要求。

婶婶是个精致细腻型的女人。带几只螃蟹给小胖子，认且玩，吃还没会呢。吃完饭，我陪小胖子玩，婶婶收拾碗筷，我抬眼看了一眼桌上，吃剩的三只螃蟹整整齐齐排在盘里，只差一声令下，就可以齐步走了。很是感叹。

我其实算个没线条的人，凡事大而化之，妈妈由着我自生自灭，这些生活琐事是没有人教我的。于是回家，学婶婶收拾家里。这些事，身教绝对胜过言教，天天不再扒着电脑，每日里把家里弄得清清爽爽，倒有另一番感觉。家中那人一时适应不过来：怎么感觉换了个老婆？铺张浪费也得到了纠正。几乎一年了，没有再瞎买花。从前，我的花，说来脸红，都是重金堆砌起来的。隔三岔五，就会买花了。我的飘窗上四季花开不败，不是我的养花水平高，实在是舍得烧钱。定期逛花市，中意的盆子要买，中意的花，又要买。花期一过，直接扔掉，长势不好了，直接连盆一起换。平时浇花的各种营养液，都是一笔不小的花销。婶婶也爱花，骨灰级的了。婶婶养花不花钱。平时磨的豆渣，集起来，蒙在楼梯口发酵沤肥，半年的模样，放在花土下面。后面的时间，就不再需要施肥，只消浇浇水就行，今年热夏，我的花草死了大半，婶婶家的青枝绿叶葱翠欲滴，从此羞煞我的花儿们。

跟婶婶间相差了一代人。我那个花钱，就是哗啦啦。老公估计是敢怒不敢管。其实也不是，我那么高调的一个人，我不偷不抢不赌不吃不喝，就这点小爱好还不行？强调多了，家里那人频频点头，你有理你可以有小爱好。小爱好实在不小，养花买衣服，头脑一热，看上了就拎回家，喜新不厌旧。可是跟了婶婶后，就知道自己少抽了。婶婶一件橙黄的羊毛衫，应该有了几年了，很衬她的白皮肤。穿过几次，便在阳台里看到了。分明是洗过了。一个晾衣网撑着，羊毛衫躺在里面，如满月似向日葵，平躺着也风情。

这就是境界了。我很少对我的衣服如此用心。有很多直接连吊牌都没有拆下，对我来说，衣服更多的是一种猎奇，一路向前追逐，没有最好只有更好。婶婶却更多精品意识，衣服于她，更多是一种岁月的陪伴，每一件都有着故事的，每一件都值得她折叠翻弄，听时光在衣服的阡陌里流走。

近来婶婶带着小胖子回儿子那里了。深深失落。从前脚一带，就到了她那儿。陪小胖子陪她，各种烦恼悉数倒下，倒干净了重新上路。婶婶白天太忙，只有夜了，孙子睡了，在电脑上给我留几句言。叔叔写文《带着故乡去远方》，写的是从故乡背了很多吃物去儿子的城里，恍然把故乡背在了肩上。其实，中国的母亲，都伟大。婶婶将自己浓缩成一棵精致的盆栽，她会生长到世界的任一个角落，只要儿子需要，孙子需要。

还是喜欢把自己的早教理论，拿婶婶当实践者，隔屏指挥。如今流行红颜知己，说的是男人和女人之间，精神领域的一种相知相惜。我和婶婶，隔代的两个女人，却成了知己。总喜欢自己是金庸笔下的小龙女，识得一个个前辈，坐在他们身前，掌心对接，源自她们的睿智、功力、知性、豁达、大义、阅历、经验、才情、品性汩汩植入我的体内，而我的婶婶也会在我的高强要求下，摇身一变，成千朵万朵压枝低花开满树十八般武艺齐全的大师级奶奶。

后妈可畏

1

嫁过来时，丫头才是个过周的娃，眼睛滴溜溜地转。举她过头顶，奶奶一边让叫妈，丫头咬紧牙关，比刘胡兰还要有气节。

不信就撬不开她的嘴。给她吃什么的？记不清了。反正我的饮食习惯和孩子区别不大。天天喂好吃的，有奶便是娘，某一日，丫头张口便唤：妈！后妈的那颗心呀，天女散花，满天飞舞，搂着洋娃娃般的丫头，狂啃一气。

后来便有些邪恶了。小人儿刚够到桌边。我是个多么挑食的主儿呀。吃蛋，只吃蛋白，不吃黄。小人儿要营养，蛋黄营养高，宝宝乖，啊呜，嘴一张，蛋黄咬去一半。吃鸡，最怕的是鸡皮。乖，皮有营养，最重要的是，变得好漂亮。丫头打小就爱美，一听能变漂亮，眼一闭，狠着劲吃鸡皮，吃自己家的不算，逮哪家酒席，其他东西不吃，专挑鸡皮。丫头奋战了近 20 年，某一日被她亲妈点破：小妈就是不爱吃鸡皮，才培养你替她吃的。

丫头瞪着双好看的眼，向我求证，一脚就朝她亲妈飞过去了：有点良心好不啦？我真要那么邪恶，我还是她妈？

说着有些心虚，哈哈，鸡皮这事，铁定是我对不起丫头。不过，丫头一张小脸，水灵灵的，是不是得感谢我这个后妈呀？

2

后妈这活儿，干久了，就得心应手了。小升初，要进城里的中学读书。托朋友帮忙。朋友是那种两肋插刀式的，不几天就搞定了。完了邪邪地问："怎么谢我？"愣了一下，旋即答："以身相许。"朋友知道我总没正经，立即喷饭："就这点小事，至于嘛。"我答："为女儿，献了青春献子孙，献了子孙献终身。"朋友乐："别贫了，不过，你还真合格。"

合格的后妈，后来赖着朋友，又把丫头从五中，转到三中。几经辗转，一路跟进。上学的事，丫头要紧不要松。我去帮着填志愿，咬牙切齿地只选了重点高中填了一下。亲妈心疼了，连夜赶来，帮着丫头六个志愿填得满满的。为这事，一直恨她亲妈，我的丫头进不了清华进不了北大，她老人家就是唆使犯、纵火犯。

一同纵火的，还有她亲爸。进了高中，老师三令五申，不许带手机。偷摸着给丫头配了，不让我知道也就罢了。躲一边玩手机被老师没收了，那两个纵火犯，把后妈往前一推："你会说普通话，跟老师好沟通，帮丫头把手机拿出来。"好吧。我去点头哈腰、低三下四地取出了手机，还没暖手，亲爸手机又转交给了丫头。得，杀人放火你们两个担着，我这个后妈再不管了！

3

哪能不管？一日正在写稿，突然弹出新闻。正是丫头上的高中。说的是一个女娃，在学校里羊水破了，孩子差点生在宿舍里。没命了。你就不知道，生个丫头有多操心。带着丫头去游泳，一个大叔热心坏了，手把手教丫头，我的脸，立马绿了，二话不说，带着丫头立即远离、上岸。这会儿，我又担心了，学校会有这方面的教育吗？青年男女，干柴烈火，这真要把持不住，总得学会保护自己呀。

我试探着发短信过去："丫头，听说，学校里一个女生生了孩子？"那边反应平平："嗯哪。"

"那学校里对你们怎么说？"我关心的是这个。我们家是女儿，可不能在学校里坏了事。"跟学校关系不大，据说是假期打工时的事。"不绕圈子了，我又发："那丫头，你懂不懂怎么保护自己？""懂懂懂，我的妈，学校里天天在放那个科普，吃个午饭都有安全套使用常识。"妈呀，我撤了。我比不过学校牛，也比不过丫头牛，丫头大概觉察出我的担心了："放心啦，妈，你的女儿乖着呢。"

一颗老心，总算放回位置上。

4

大学的几年，羽毛渐丰，脱离我的视线很久。某一日，要毕业了，住过来考驾照。我的丫头，亭亭又玉立，怎么看怎么好看。最热眼的是她的衣服，二话不说，剥下来就套到自己身上。完了悻悻地甩给她。任何衣服，青春是底色，她有着大好的年华，当然怎么穿怎么好看了，终于叹，老了。我是怎么老的？活生生被如花似玉的丫头催老的。那颗老心，碎得，从此捡拾不起来了。

考驾照，倒逍遥，两天打鱼，九天晒网。只有晒网了，不见了打鱼。后妈抄起电话，对着教练就是一顿猛吼，见效了，通知下午就练车。我在午睡，听得门扑通带上，放心地复睡，丫头去练车了，我再闭会儿眼。仅仅几分钟，手机就响了，迷糊中按了接听，丫头的声音，带着哭腔，抖成一团。一个激灵就跃下了床，一边穿衣一边安慰："不哭不哭，我们就来。"

望着一头雾水的先生，我飞快地下楼："丫头跟人家撞上了。"

反向行驶。丫头的电车和一个高三男生，撞了个结结实实。男生摔坏三个牙齿，腿断了，肩骨断了。我们赶到医院时，丫头抖得站不住了。迅速交钱帮人家检查急救，搂着她安慰，不怕不怕，我们在呢。

天天看那男生，变着花样买好吃的喂人家，带人家去镶最贵的牙。一路搂着人家身高一米八体重 200 斤的大男生，心里翻江倒海，这要是可以，月亮星星只管摘下给人家的，只要人家别找丫头麻烦。

倒是亲妈过来，丫头好生撒了一下娇，扑在亲妈怀里哭个不停。

惹得我也泪水横飞，挥手赶走那两个家伙。后妈我当定了，你们一边哭去，我还得楼上楼下地找医生，帮着男生检查诊断一路，又是点头哈腰低三下四。你后妈好久没干过这活儿，我要是以后寿不长，这账先记丫头头上了。

5

这阵子消停多了。丫头毕业了，工作了。这该操的心，也操得差不多了。可麻烦又来了。23 了，还不恋爱。在 QQ 上跟我贫嘴，小心翼翼问我：咱弟恋爱了？我哈哈大笑：咱们家，该谈的不谈，不该谈的扯什么淡？

每一个为娘的，都有一颗恨嫁的心。亲娘是包办，相亲一个一个又一个。这事儿我头一个不同意，咱们丫头，长得小巧性格、八面玲珑，这样的主儿，什么样的金凤凰引不来？哈哈，人一急，话就错，咱是金凤凰，咱是凤凰就不愁找不到棵梧桐树！语气陡然一凛：给你一个月时间，给我放下身段，好好遇一个人谈一场恋爱！

丫头隔屏号啕：咱妈，这日子还让不让人过呀？

某日，丫头说说上得瑟：新搞到手的巨型杯子。在下面跟言：我也要。丫头说：粉色黄色蓝色，你要哪个色？我想了想，这几个色都有了。丫头握手：土豪，你好。有些羞了，那是。我就是个杯子控。

这下好了。丫头逮着：妈你是杯控、花控、书控、衣控、热情洋溢控。听着怎么跟骂人？隔屏的母女，唇枪舌剑，我弱弱地问了句：

话说，你亲妈会不会醋到？

丫头放心得很：左手不醋右手的。我对丫头崇敬起来，怎么输给自己捧大的丫头片子了？丫头笑得无比邪恶：嘿，爱是利器，握着在手，我是常胜将军。

啊。我还写文章呢。我拿块豆腐直接碰上去得了。丫头才是高手。我小结：和亲爱的人吵架，输得光荣，赢得体面！

丫头狂笑着扬长而去，我补了一句，她立马歇菜了："姑爷的事，怎么样？"那头斯文起来："人家还在努力。额娘放心。"

额娘早已白发及腰，我儿嫁人可好？

第五辑

努力，
是为了可以和他比肩而站

水陸草木之花可愛者甚蕃
晉陶淵明獨愛菊自李唐來世人盛
愛牡丹
予獨愛蓮之出淤
泥而不染濯清漣而不
妖中通外直不蔓不
枝香遠益清亭亭靜
植可遠觀而不可褻翫
焉予謂菊花之隱逸者
也牡丹花之富貴者
也蓮花之君子者也噫菊之愛陶後鮮有聞蓮
之愛同予者何人牡丹之愛宜乎眾矣
周敦頤愛蓮說

永之書

哥等下雨呢

1

旧时同事来玩，说起阿芬。"男人替人担保三百万，出事了。现在每月只拿九百元生活费，龙凤胎孩子正上大学呢。九百元，一家四口，够什么呀。男人还开着车，要我说呀，车也别开了，索性将开支降到最低。"同事不无惋惜。阿芬和我们年龄相仿，却找了个大很多的男人。男人吃的财政饭，阿芬生下一双儿女之后，就再也没工作过。每每在单位累得不成人样时，我们便会叹，学得好不如嫁得好，阿芬的日子比蜜甜的。没想到，人到中年，出这个岔子。同事做着律师工作，替阿芬两口子出谋划策，跟我谈起时，不免唏嘘。

正想着，阿芬那般水灵漂亮的人，遭此打击，还真不知道成什么样子呢。再在菜场上遇到她时，却没有。站在菜摊前，认真地选着菜，拿着摊上的蝴蝶兰爱不释手。摊主笑，你用不上的，那是饭店人家做盘用的。阿芬偏往手里拿，我的手艺也不赖的。回头看是我，笑着掰开一朵，插到我的小自行车前："美人就该配鲜花的。"我倒不好意思问起他们的近况。阿芬坦然呢，主动提到了："我到一家装修公司，做了打扫。工资不高，但常加班，算起来钱也不少了。倒是他，一时转不过弯来，真怕他想不开呢。我报了个自驾游，花不了几个钱，陪他散散心去。这人哪，倒什么，不能倒精气神的。"

突然对芬刮目相看起来。早年的她，忙着嫁人，并没有读多少书，却睿智得不行。男人都是纸老虎，每临大事，女人还是比较沉得住气的，芬的不离不弃，便是最好的良药。一些前阵子天天堵在她家门口追债要债的，渐渐被芬镇住了："人家不过跌了个跟头，肯定能站起来的。再说，人家龙凤儿女再有几年，又是一片江山了。"要债的人相互劝勉，逐渐离开。

2

近来感觉自己的生活如飞驰的列车，一路呼啸前行，无力掌控，团团转。他父亲身体不好，我在医院和店铺两头溜得心口疼。疏于对他照顾，那个大男人，蹦到我面前："老婆，我吐酸水的。"我天天跑医院，他带着儿子，天天青菜汤，不吐酸水才怪的。老师又发短信，最近组织段考，家长加紧督促才是，孩子成长的关键，是家长。

姐姐那边也过来电话，生产的面料，告急了。继续调前一批的产品，还是另寻新品，听通知呢。热血一下子就涌到了脑门。真想甩手就走，千山万水走遍，不是谁没这个能耐，只是真正舍不下这一家大大小小。

从医院回头，花店门口的仙客来不胜娇怯，满面含春地盯着我。

赶紧下得车，捧上一盆，到得家来，配上漂亮花盆，浇了点水，越发水灵诱人。索性卷起衣袖，里里外外清扫起来，又翻箱倒柜地折腾了大桌的菜，去丰泽园拎回儿子最爱的蛋糕。

真有峰回路转的感觉。老公一见我漂亮的围裙，眼便放光："老婆，今天怎么这么漂亮？"儿子一进家门，就直奔蛋糕而去："蛋糕蛋糕我爱你，就像老鼠爱大米。"儿子又唱又跳。日子还是那个日子，我却从容多了。我安心陪在父亲床前，我把涂满黑油的指甲竖着让他老人家看，老父耳聋，眼好使呢，点着头表扬着："嗯，好看，涂的黑墨汁？"一旁护士笑喷。

3

又是草长莺飞时节，骑着我的小自行车，走街串巷。路旁停着一辆广本，惹得我哈哈大笑。那是一辆怎样的车呀，灰头土脸，不知是一个怎样的车主，才会将自己爱车开得如此之脏。最乐的是它的后窗，玻璃上沾满了灰，灰尘上写着"哥等下雨呢"，没有标点，一个灿然的笑脸画在一旁。这是个怎样调皮又聪明的车主呀，他不是不洗车，他等下雨呢，一场雨过来，一定会还它花容月貌！

其实，人活一世，草木一秋，快乐也活，烦恼也过。老天爷一定不知道，人人诅咒阴暗泥泞的下雨天时，还会有人热切地盼望来一场酣畅淋漓的雨，冲涮清洗世间污迹无数。哥等下雨呢，何等从容自信，气定神闲。阿芬是，广本哥也是。风雨来袭，笑容满面，等着自己的人生，随时来一次翻牌，胜败其实一直握在自己手心。

淹没

　　有过上台经验的，大抵会记得，孤独地站在台上，台下几千人马，嗡嗡嗡，台上的人，就像一叶扁舟，一不留神，就会被巨大的声浪打翻，沉没。年少时，参加过无数次演讲，所向披靡，无往不胜，都有绝招的，我在站定的瞬间，会用最响的声音，招呼：朋友们，下午好！那个"朋"字，饱胀得如六月的麦穗，甸甸的，实实的，豆子一般蹦出，即便远在台下，亦可感受到那股腾腾的热血，再到那个"好"字，直接送人耳廓，想忽视都难。常会有同台的经验不足的，先来句：尊敬的评委老师，尊敬的领导，亲爱的朋友……我不要听下文，这人准完蛋。

　　被淹没了。选手三千，必须在三个字内，让自己从芸芸众生中脱颖而出，做那个尖尖小荷，初露头角，便引得蜻蜓翩然站立。

　　常参加各种饭宴。会有庆典主持，还会有唱歌的。印象最深的，便是那个总学周总理讲话的主持人。早熟悉了，不是太喜欢那人的做派，但有一次坐在饭桌上，听他主持，感慨颇多。

老实说，饭多了，便会出现审美疲劳，台上的人再三番五次地要掌声，简直令吃饭的人光火，一顿饭下来，断断续续的，还要被强迫着鼓掌，真不爽。但那人不一样，他常模仿伟人讲话，讲话之前，便用大屏幕打出开国大典的场景，再播出东方红，等气氛渲染得颇有那么回事了，他便俨然那个站在天安门城楼下、频频挥手的伟人，话筒里响起他中气十足的声音：中华……人民……共和国……成立啦！于是，群情激奋掌声雷动。于是，"伟人"走到桌边，挨个握手，被握到的人，热泪盈眶。"伟人"巡视一周，走到前台，乐声戛然而止，此生，这个人的表演都将刻在你的脑海，想抹去，都难。

近日新开店铺，走势大好。淘宝上店铺，多如蝼蚁。要有过人之处，方能不被淹没。这次，是我们的试笔。一下子让很多有习字欲望的人，趋之若鹜，很多客人买过之后，纷纷将自己的作品贴上来，要求交流。

晚上，坐在电脑前，歇会儿。一小姑娘电话进来，是某网站的电话推销员。估计小姑娘一天要打很多电话，如她们这般电话营销的人也多，生怕淹没，开口便是很急的方言夹着普通话，机关枪一般地朝我扫射。往常，这种电话我都是直接掐的，那天兴致好，也想帮帮小姑娘，教会她，下次电话应该怎么打。我慢慢地："可以用普通话说吗？"那边急了："我不是普通话？你连我的话都不懂？"不止是辩解了，直接摆出吵架的姿势。小姑娘涉世未深，这么一副嘴脸，在外怎么混呀？我继续逗她："你说话，一直这么喊的？"确实，她的电话，从头到尾，就是这么喊过来的，是怕被淹没。我能理解她的心情。网易的一个男推销员，也是。成功心切，一路叫喊，接他电话，都要手机离耳三尺的，有时，直接把手机扔一边，随他什么时候说完。这下小姑娘真跳脚了："我这是喊？我乐意喊，怎么啦？我就要喊。"呵呵轻笑，收线。小姑娘慢慢喊，不被淹没的方法很多。她用的是街头乞儿的招，强迫视听，这个社会，who 怕 who？

我的文章，很少这么三不搭五的，这篇就是了。其实，茫茫人海，想不被淹没，得有过硬的本领，得有足够的底气，得有十年坐得板凳冷的前期准备。乞儿和电话小姑娘用的旁门左道，不止是淹没，呛死都有可能。平时与外界联系，一律短信。一朋友，平时回复，倒挺及时，遇上有事，我的短信便被忽视。笑，淹没了。

解决办法：再发一条。那边就急了。一条接一条，直在催问：怎么不见回音？

世上淹没，林林总总，勿慌勿躁。兵来将挡水来土掩，堂堂小荷，何惧引不来个红翅蜻蜓？

买两把青菜，一把留着老

近日，客服、发货的，一直出状况。差人了，就我顶上。早晨八点半开始，夜里零点结束。旺旺叮咚不停，文档还开着，答应朋友写个文字印象的，就这么一边迎来送往，一边抖落文字。《彩练》一文便是这么诞生的。客服到位了，发货小丫头请假。到底业务生疏了，竟致有来不及的感觉，全身心投入，走路都差要跑起来了。闺密丁丁来看我，正值快递等在门口，发货的高峰时刻，丁丁跟在我身后，急，不知怎么帮我。物流 21 个纸箱一下子到位，不用说把它们一一码好，单是拆封开来，清点品种和数目就是个浩大的工程。

朋友送书给我，看到，惊且怜。跟朋友走得很近，亦父亦师的，他正色地跟我说："不希望你这么忙，你的时间，应该用来做更有意义的事。"

我当然能听懂。他不是第一个人这么要求我。这是我选择的路，我会一直微笑着走下去。那个书法家，琴，也是。上午半天公园画画写生，下午写毛笔字，晚上半小时古筝，两小时散文，然后余下来的时间，全部用来写毛笔字。写到手酣兴尽，通常都要深夜两三点。朋友劝她，放松自己呀，早点睡呀，女人的美，睡出来的。琴倒也淡然，书法让我美丽，绘画让我美丽，文字让我美丽，如果没有了它们，我要美丽又有何用？

每个深夜客服的时刻，Q上好友竹子总提醒："快去睡呀，否则不美了。"想做的事情，如果做不成，我要美丽何用？

今天的我，一条破牛仔裙，长长马蹄袖遮住手面，发如瀑，眸如水。我在包装墨水。新开店铺，破竹之势来势汹汹，货一上架便被抢空。墨水已经包装到手软了，还得继续。想起朋友的惋惜，笑，侧头，唱歌给自己听，胶带的呼啦声有如天籁。朋友说，真怕你被这些琐事淹没。

发一段矫情的文字上微博：朋友说，真不希望，这些琐碎砺粗了你写字的双手。我笑，心中有旋律，锄草亦舞蹈的。不管我从事着怎样的工作，不管我在怎样喧嚣的尘上，那颗向上的心，永在。文字，会是一直的方向，那颗心一直纤柔，双手又怎会变糙？

一直是个穷奢极侈的人，过日子从来不懂精打细算。常常买菜。小青菜最经常。小青菜，放半角豆腐，或者用两个鸡蛋，做两方蛋糕，一把足矣。但凡我买，都是两把。常常是一把吃光了，还有一把，扔在地上，变黄变烂，几天后扔掉。每次总是。

先生批评，怎么就不长记性？不能就买一把？笑。下次再买，还是两把。

　　这会儿是下午三点多，架上的麻裙，全拉出来等待清空。新回来的字帖、纸箱、作品纸，鸡零狗碎林林总总全处理得差不多了。汗出来了，坐电脑前歇会儿，敲下这段文字。

　　文字是我人生的备胎。买两把青菜，一把留着老。所以，注定，我活得比旁人积极得多，也忙碌得多。因为，我得多备一把青菜，不一定用得上，但能保证一路笑语欢声。

青山在，脚已老

店铺琦琦，自称大号天使。小丫头来时，才 19 岁，眨眼间，过二十槛了。问怎么不恋爱。天使一脸坏笑，咱就讨大妈和大叔喜欢。

别说，是真的喜欢她。店铺除了跟网上天南海北的客打交道，快递公司人一拨一拨的，没一个不喜欢她，店铺在小城一方，颇得人缘，和小丫头极有关系。

送件员，长得恶势样，脾气特别臭，三天两头有人投诉他，可是，还就听琦琦的话，跟屁虫似的让向东就向东，隔三岔五琦琦还能敲他买冰红茶一类的带来。

店铺一客人，打了个中评。琦琦电话去沟通，只打过一次，客人极快地将中评改过来了。以为就完事了，那人又电话来，要留琦琦私人电话，说她的声音很像他的一个同学。琦琦吓得连电话都甩掉了，我在一旁哈哈大笑。

前阵子，客服搞不定一个客人，客人在我们两个店铺分别拍下宝贝，收取两份邮费，还没等我们改掉一个，客人就火冒三丈，认定我们在坑他。客服小丫头被呛得眼泪都下来了，立马转接给我。一脸淡然，一朵小红花，慢言细语，三划两绕，客人就熄了火。知道我就是店主，客人立即加了我QQ。

是个小帅哥，二十五六。相见恨晚。年轻人就是不一样，不过两个回合，小帅哥说："喜欢你，做我女朋友吧? 吓我一跳，"不疾不徐地答："我儿子十六岁了。"那边回："我不介意。"

笑。你不介意，我介意。我这把年纪，莫说有家有小，就算光棍一条，也不会找这么小的呀。那边的喜欢，不因我的拒绝而减少，小帅哥确实有才，唱歌、书法、绘画，全到一定水准。每日追着我的空间看，逮着机会就来表白。

近来买鞋，一律全真皮手工鞋了，平跟，缀满各式花朵。以我的身高，从前打死都不肯穿平跟鞋的，但现在变了，鞋柜里几乎找不到高跟了。

老了。不争的事实。20岁那年，学穿高跟。一双大红的细跟，镶满水钻，只有最后一双了，34码。比平时穿的小了一码，可是真爱得不行呀，不管了，不管了，抱在怀里，连夜在宿舍地面跑来跑去。那双小鞋，受足了它的罪，却也风头出尽，每有感觉重要的场合，一律穿它，袅袅娜娜，摇曳生姿。

做淘宝起，每日大量发货，还有大批货物进仓，这些，全要从我手边过。没有一双妥帖安稳的鞋，只怕是都撑不到晚上。自此，手工真皮鞋成了新宠。

老了，似乎从脚开始的。小帅哥要参加全国书法展，说，拿了奖请我吃大餐。我笑，拿了奖，我寄作品纸过去奖励你。

人到一定年纪，就会看淡很多，看开很多。琦琦除了长得胖了些，算得上小完美。灵动机敏，善解人意，能说会道，所以，我这个大妈级的，喜欢。所有大叔级的，喜欢。如果这个年纪的人，再挑对象，一定不会苛求人家的长相，一定不会在意对方的体重。在意的是，彼此是否投缘，在意的是，那份心灵的契合。

前阵子，盐城七个写文的合影。很不好意思，我和梅子最小，跟最年长的隔了二十岁的年纪，但没有看到我们很明显的优势。晓晓姐姐，依然马尾，新华姐姐，长发飘飘，都是近六旬的美女了。年龄在她们身上，不起作用。周身一片知性淡墨香，是三月里清爽甘冽的天然梨花白。

突然就盼自己老了。老了，不可怕，要有能撑起晚年的东西。一支秃笔，一幅瘦画，一首清曲，一阕残词。岁月汰洗过的那份淡定从容，一如经霜秋菊，别是一番风景。

来吧，麦乐迪

双十二，淘宝疯了。晚上比白天更疯狂，连我的打字速度都跟不上了。

一直比较抗拒用快捷回复。总觉得那样的千篇一律，跟实体店的"欢迎光临"一样可恶。说的人机械照搬，听的人轻轻飘过。每个客人，每句问话，我都在坚持自己打字。

我的打字速度没有测试过，差不多赶上说话速度了。即便如此，还是有一串叮咚声来不及回复。

夜已深了，怕影响家人休息，声音调得很小，只看见电脑下方不停在闪烁，越发奋力打字，进屋时就倒了一杯茶在面前，两三个小时，茶都凉了，还没到嘴边。儿子晚自习回家，只来得及奔过去开了下门，立马又坐回了电脑跟前，尽管这样，还是有客人生气了。

买两支钢笔，在那边狠着劲叫唤，问可不可以包邮。

打去一行字："对不起，人太多，您直接拍下，明天会帮您发出。"

捅马蜂窝了。那人生气了，说了一堆，大致意思，我不需要这么打发他。

下面的旺旺又亮成了一排，此起又彼伏，暂且不管其他人，我专心接待他一人。"呵呵，不是想打发你走，你能想象同时跟一大群人说话的情形吗？茶倒在面前，两小时了，还没顾上喝。儿子到家了，我还没顾上朝他看一眼。"

夜很深了，静得很。电流呼呼，我还要打字，忽然就停住了。人生有很多美好，过去了就不会再来。这样的狂欢，挣钱的机会，一年都会有几场，我的儿子，麦苗一般，我能听到他拔节生长的声音，他的成长，每一步都不能少了我的参与。这样的深夜，他从学校赶回，寒气逼人，我居然顾不上看他一眼。心下一动，我索性站起了身，不再看下面闪烁的人群，儿子已经躺下了，袜子、裤子扔在地上，儿时养成的坏习惯，正窝在被子里看书，床头一堆巧克力还有蛋黄派。

我过去，拾起袜子、裤子，勒令他睡前刷牙，又在他胖乎乎的脸上亲了一口，儿子嫌恶地抹了下脸，连声说：烧起来了。这是他对老妈最经常的口头禅。

再坐在电脑前，QQ 在闪，我的小鼓，找我聊天。公公生日，她陪着老人家喝了几盅酒，正晕乎着呢。我教会她试着与家人依偎着取暖，她冰雪聪明，一下子就敲开了幸福的大门，才发现，二老双亲鞠躬尽瘁，要的不过是一杯酒的温暖。她收获着意料之外的美丽。

再次坐下来时，已经能够淡然了。我先给刚才那位发火的先生发过去一段话："感谢您刚才的提醒，我去看了会儿儿子，他差点就睡着了，调皮地躺在那里，高且壮实，这些都是我人生中最美丽的时光，一刻儿也不容错过。非常感谢您。"

那位先生愣了一下。他没有想到，我不只是一个机器式的客服。我点开闪闪烁烁的旺旺，逐一回复过去，轻笑浅笑微笑送到每一个客人面前。

今天白天，余波未了，一早提单，发货小妞大呼没命了，又创新高。再高不影响小妞们的情绪，卷衣捋袖二话不讲开始发货，再忙不忘矫情，大呼小叫着：嗯哼，来吧，麦乐迪。撞肩撞腰撞屁股，紧张又欢快。我一把年纪也被感染，人生有多少美好啊，从来不容错过。老公电话打进来，店铺诸多工作，遥控指挥。我在电话这端冒了句："来吧，麦乐迪。"小丫头们朝我看看，爆笑。麦乐迪是个音译词，连她们都不知道是什么，拿来叫倩倩小丫头。多可爱的一个词呀，是欢快的旋律，是娇嗔的昵称，是软糯唇齿留香的乳名。那个一脸严肃的人，被我逗乐了，他从来都是个极能配合的人物："好吧，麦乐迪，晚上哪里 Happy 去？"

故乡的云

1

近日多梦。梦的是小狗舅舅。

舅舅其实只比我大两岁。父母亲年轻时，过得极难。村里祁姓长者，对他们百般照顾。妈妈让我们唤成外公外婆。小狗舅舅是他们的幺儿。

国人的辈分，有一种非常神奇的力量。小狗舅舅，只长出两岁，就因着舅舅的称呼，格外地懂事，对我便事事迁就忍让。在他面前，简直就是为非作歹。

常会生气，也会撒泼，一不开心，嘴便撅得可以挂油壶。舅舅责任重大，哄我开心成了每日的重心。那天不只是生气，一直抹泪，小狗舅舅急了，怎么哄都不笑。舅舅便领着上了黄墩顶。

黄墩在村子的西南角，宛然一座小山。平日里竟是多了几分敬畏的，说会显灵。乡邻们常常会在家有大事时，向它求助，竟能求得碗盏瓢盆一用的。据说，后来有个贪心人，借了居然不还，便不再显灵。

平日里，是不敢靠近的。小狗舅舅求我：笑一笑，要不，舅舅带你去黄墩？

有了舅舅撑腰，我便去了。几乎是舅舅半拖着我爬上去了。看不出特别神勇的地方，只看得一个个很大的窟窿。舅舅说，当年有鬼子时，大家便钻进洞里躲起来。我伸头进洞口，又不敢深看。舅舅得了鼓励："要不，我点火给你看？"

舅舅火柴划燃。黄墩上满是茅草，风一吹，火势正猛，我拍着手哈哈大笑，很快便又放声大哭，黄墩高出平地很多，那天风又特别大。很快，整个黄墩便成了火海。舅舅开始用衣服扑打，后来直接在火海里打滚，我吓得光顾着哭，还是舅舅英明，滚到一半，想起拉着我逃下土墩来。

后来，一路求学，离开了小村子。外公外婆竟很短寿，六十出头，便双双离世了。舅舅便成了孤儿。外婆离世时，正值舅舅高考。舅舅直接辍学了。我和舅舅一个学校，我在初中部，跑到高中部找舅舅，舅舅竟像儿时那样摸着我头："宝宝好好学。舅舅命不好，舅舅去闯荡了。"我又哭了，以为像儿时一样，只要一哭，任何要求都会被答应："舅舅不走。总会有办法的。我爸妈不会不管你的。"

舅舅却显得特别沧桑："你长大了就懂了。舅舅要挑起自己的人生了。"

之后舅舅走得特别坎坷。第一次结婚时，妈妈伸手相助的。婚姻并不如意，舅舅因为不如意的婚姻，远走他乡。再次成婚时，妈妈就没帮得上手，我们也只是听闻。

再次见到舅舅时，我也已经成家了。舅舅端着酒杯向我先生敬酒："她是我带大的。就全交给你了！"一饮而尽，语气里竟满满我父亲的味道。而他，只不过比我长了两岁。

今夜全是梦。滚来滚去的，一点不踏实。总以为，生命中的人和事，都不过是匆匆的过客，有来会有往。可是，一些烙进血脉的亲人，怎么会走散？

好想外公外婆。好想小狗舅舅。好想那座黄土墩。

2

不过是一个烧饼，就差点要了我的小命。三叔从远方回来，带了烧饼。那是个多么稀罕的宝贝！三叔托在手心，要我叫他。最爱三叔了，都说我的单眼皮特别像三叔，像他多好！就做他的女儿让他疼个够！不记得是几岁，应该是摇摇晃晃刚会走路，我傻傻的三叔，就因为我贪恋烧饼的美味，听任我一口气把一个烧饼全部吃下了。一定是岁数极小，否则不会让一个烧饼要了我的命。

我开始几天几天不吃食。开始妈妈还没留意，后来发现不对劲了，半夜哭着抱到外公外婆家。外公外婆忙不迭地披衣起身，两人轮换着抱着啼哭不安的我，竟是一点办法都没有。

妈妈连活儿也没有办法做了，抱着我，四下乱转。外公外婆也帮着抱，就是想不出好办法。见到的人都会摇头，这孩子不死，还有哪个去死呀。妈妈这下痛哭出声了。还是外婆想的主意，在七队，有个老人，这种估计叫滞食，听说老人会抹滞的。外婆自己还没有过孙辈，我和姐就是他们的心肝了，连夜抱着我叩下老人家的门。

真够神奇的，居然就这么被老人救活了。就这样一个老人，可以救死扶伤的，却对自己的生命也有看不开的。我上小学的时候，老人因为家事纠纷，一根麻绳解决了自己。

妈妈走了很远的路，领着我，要去磕头。人群中，看到那个老人静躺着。

生命便以这样的说解，呈现在我眼前。当年他不救我，我就会是他现在的姿势。可是他让我站立着并活蹦乱跳着，他却闭上了眼，躲开了尘世纷扰。而那个疼我怜我爱我宠我护我的三叔却因为犯了事，最终远走他乡，再回这块土地时，估计是要我捧着他了。

3

红兰姑奶奶，成了公众人物。几年前死了男人，竟又嫁得一男人。男人是外乡人，极是招摇，敲锣打鼓的。一时，村里人全涌去看热闹。姑奶奶并不避嫌，大大方方地出来散烟发糖块，一件酒红色棉袄，裹勒得中年身材，风韵犹存。乡间的女人，从来都是从一而终，男人死了，不管年轻年老着，一律得守寡。姑奶奶家三个儿女哇啦一下站到了她的对面。大女儿以死相谏："我就要出嫁了，你还结婚，让我怎么丢得起这个人?"

红兰姑奶奶不愧大手笔，居然将婚礼和女儿放到了一天，村里热闹翻了天。捏糖人的货郎担，放在她家门口，几天不散。

正广爷爷，离过婚的。前妻叫兰英，不能生育，便去了上海，认婆婆做干妈，每隔一段时间，会来探老人。正广爷爷二婚后，只生下一个儿子，二妻却身亡了。三婚后，生了一男二女。不幸的是，后妻又疯掉了。兰英过来的日子，我们这群孩子便会跟在后面看热闹。兰英自己没有生育，便把后来的儿女当成了宝。他们却怕兰英抢去疯妈的位置，百般阻挠兰英的探亲。兰英长得并不像大都市的人，极黑，也很壮实，因没家庭之累，显得极富足。每每探亲，我们这些孩子都可以得到糖块，越发地跟在她身后，跑前跑后。

疯妻也都去世时，以为正广爷爷和兰英会有花好月圆的晚年，却没有。儿女一百个不答应。兰英早早客死他乡。爷爷那样一个风云人物，最终蜷在破旧的小屋里。回老家时，我和姐特地去看他，已经认不全人了，床单上补丁摞着补丁，很是心疼。早年爷爷颇有作为，家里小人书都能堆成山的，最早的山水画挂轴便是从他家看到的。

唏嘘感叹中，小村淳朴的婚恋教育，对的时间，遇上对的人。遇见对的人，就要惜此一生，不容践踏。

4

近日很忙。再忙，也会看书。忽然就明白了自己最真的梦。再做一段时间，就会扔下手头的事，做自己喜欢的事。喜欢什么呢？那时，才上六年级。老师让结对帮扶，没地方写字，就在大衣橱的侧面，写上满满的习题，教会我的小伙伴们。爸爸的朋友从窗户里看到了，跟爸爸说，小丫头以后能当老师的，口齿清楚，条理清晰。

真正做老师了，又不安分。我是那个一直喜欢奔行的人。但凡事情渐入佳境可以以逸待劳时，我便想着拔腿再次奔行。再回首时，我会安安静静地码我的字，像我最初说的，有一天，我的文字，铺天盖地，那是我的梦。最真的梦。

今天又唱歌了，唱给自己听。泪湿眼眶："我已是满怀疲惫，归来却空空的行囊。"喜欢它微微的忧伤，想不通这句歌词。故乡，终是疗伤的地方，只是出去闯荡一圈，怎么就空空的行囊？人总会在碰得头破血流之时，才想起母亲怀抱的温暖，我等游子，总会在夜深人静时分，静想，手头拥有的这些，是不是自己所想。

如此一念，我亦是空空的行囊了。

嫁小妹

小妹是六叔家的，我们家最小的宝贝了。

连小妹也出嫁了，我真的是老了。

小妹小我们很多，打小，当小宠呵护着的。

那时，农场田地多。小叔小婶常年在这边帮忙，小妹便是我们一家的玩具。吃完了晚饭，大场上，小叔扫得特别干净。小妹便在场中央，快乐地飞来飞去，我们的目光，便随着她，飞来飞去。

小妹是我的小尾巴。一日，在泥地里，将一双新鞋搞得泥泞笨重。小妹便仰着头问我："姐姐，鞋放哪里？"

鞋能往哪里放？她的面前，是沙发。再面前，是小叔排放得齐整的午宴。小妹的那双鞋，真让我哭笑不得呀。我指着干净齐整的餐桌说，放桌上吧。

小妹一直奉我的话为神明，听话地把她那双宝贝鞋子放上了餐桌。我啊地尖叫，继而哈哈大笑起来。小妹一时窘极，放声大哭。小婶和我妈，齐步飞过来，分别朝着自家的丫头飞扑过去。我拉过小妹朝更远处逃跑。

再见小妹时，已经出落成半大的姑娘了，上高中呢。祖母去世。祖母的后十年，都是在我家度过的。我和姐家的两个儿子，都是祖母带大的。祖母病倒的时候，拉着我的手，念着："奶奶不行了。"我乐了。拍拍祖母的手背："奶奶，肺炎是不会死人的。"其实祖母哪里是肺炎？我们也不过是一种快乐的假象，让她的离去，变得不那么可怕。

祖母被送去了小叔家。老人临终是要在最大或者最小的孩子家的，爸爸排行老二，自然得由小叔接回去。祖母的离去，在我们是意料之中的。我们团坐在她的周围，她带大的两个重孙，在一旁烧纸嬉戏，喜欢他们深爱的老太，只是和他们捉一场迷藏，一觉醒了，拍拍手上的土，又能牵起他们的小手，回家去。

小妹从学校被接回，见到祖母，泪水纷飞悲不能抑。一把揽过小妹，我的小妹，就这样懂事成人了，以这样的方式。

再后来，小妹上大学，找工作，恋爱了，工作变动了。多数是妈妈和小叔的转述。今天小妹结婚了。

小妹的婚姻，很有趣。小妹长得漂亮。不是一般的漂亮，是那种扔在人堆里，极醒目的那种。偏偏她性格外向，不娇不柔，男孩一般。从前同学都称她大哥。选对象时，也并没有如我们期望的那般，因着长相的优势，好好挑选一番，跟着一个同学就对上眼了。小叔和小婶是一百个不同意。连我和老姐都想干涉。我们都不是物质女人，自己选对象时，就一个标准，人好就行。但一路走得苦累，她是我们最小的妹妹，我们自然希望她可以找得更好。只是小妹跟我们当年一样傻，认准了那个人，就是不松口。我朝游说的姐挥去一拳，收起你中年老女人的一套，小妹傻人有傻福，她会幸福一生！

我亲爱的小妹，穿上了洁白的婚纱，不是一般的漂亮呀！我千不甘万不愿地让那个男人向小叔，向小婶，向我这个姐姐，向所有的客人保证，一定一定要善待我家小妹。小叔小婶含辛茹苦二十几年，就这么被一个外乡男人说带走就是一辈子。妹夫听话地一再保证，我小叔小婶早已泪湿眼眶，小妹也在频频擦眼睛。

看着妹夫叩拜如仪的虔诚，我乐了。妹夫何错之有？纵使他貌比潘安、财比盖茨，我们还会有一千个不情愿的。自己带大的宝贝，就这样嫁出去，那是剜了心头的一块肉。

小妹就坐在我一边，看不够地看着她。那个婚纱，实在碍事，坐着就拖在地上。那个男人，傻傻地托在掌心。我的短信在震，是先生的。"傻瓜，吃点菜。药在包包的外袋里。记得吃呀。"

也好。跟我同一天结婚的同学，早早离了。嫁入豪门，规矩多多。跟老公走一起，儿子都是同学抱的。

就让小妹跟我一样幸福吧。嫁个草根男人，草一般地舒展盎然。

婚姻中，非男高，即女高。如一碗水般绝对端平是不可能的了。不过，最终可以走到一起的，低的那一方，一定有过人之处，可以吸引对方，从而义无反顾地忽略世人眼里的低处。

婚车徐徐而行。小妹仪态万方，那个傻傻的男人，看着小妹，眼不错珠。

图书在版编目(CIP)数据

不是每场相遇，都会恰逢其时 / 吴瑛著.—北京：
中国华侨出版社,2015.4

ISBN 978-7-5113-5359-7

Ⅰ.①不…　Ⅱ.①吴…　Ⅲ.①随笔-作品集-中国-当代
Ⅳ.①I267.1

中国版本图书馆 CIP 数据核字(2015)第071908号

不是每场相遇，都会恰逢其时

著　　者／吴　瑛
责任编辑／文　筝
责任校对／志　刚
经　　销／新华书店
开　　本／870 毫米×1280 毫米　1/32　印张/8　字数/240 千字
印　　刷／北京建泰印刷有限公司
版　　次／2015 年 6 月第 1 版　2015 年 6 月第 1 次印刷
书　　号／ISBN 978-7-5113-5359-7
定　　价／29.80 元

中国华侨出版社　北京市朝阳区静安里 26 号通成达大厦 3 层　邮编：100028
法律顾问：陈鹰律师事务所
编辑部：(010)64443056　　64443979
发行部：(010)64443051　　传真：(010)64439708
网址：www.oveaschin.com
E-mail：oveaschin@sina.com